# 방탄
# 독서

BTS가

사랑하는

문　학

# 방탄
# 독서

최병관 지음

# 저는 어쩌다 『방탄 독서』를 했을까요?

일이 커져버렸습니다. 이렇게 책까지 낼 줄은 몰랐습니다. 상상조차 하지 못했지요. 처음에는 그냥 방탄소년단*BTS*의 음악이 좋았습니다. 그래서 매일 틀어놓고 살았습니다. 자연스럽게 제 방은 〈작은 것들을 위한 시〉, 〈봄날〉, 〈피 땀 눈물〉, 〈불타오르네〉, 〈고민보다 Go〉, 〈MIC Drop〉, 〈Not Today〉 등의 노래로 가득 찼습니다.

방탄소년단의 노래를 처음 접한 것도 우연이었습니다. 어느 일요일, 딸의 공부방에서 노래가 흘러나왔습니다. 순간 '참! 멋지다'라는 생각이 들더군요. 귀에 확 꽂혔습니다.

"지금 나오는 노래가 뭐야?"

궁금증을 참지 못하고 딸에게 물었습니다.

"방탄, 방탄이야!"

"뭐, 방탕이라고?"

이놈의 꼰대 개그? 나중에 알고 보니 그 노래는 방탄소년단의 〈작은 것들을 위한 시〉였습니다. 솔직히 말하면, 저는 2019년 초반까지 언뜻 이름만 들었을 뿐 방탄소년단을 몰랐습니다. '이름이 뭐 이래!' 하고 넘어갔습니다. 저는 방탄을 '방탄했지요'. 그런 가수가 있는지도 몰랐고 무슨 노래를 하는지는 더욱 몰랐습니다.

하지만 그 뒤 저는 방탄에 무너졌습니다. 우선 시중에 나와 있는 방탄에 대한 책부터 읽었습니다. 『BTS와 아미 컬처』, 『BTS 예술혁명』, 『BTS를 철학하다』, 『BTS: THE REVIEW』, 『BTS 마케팅』, 『THIS IS 방탄DNA』 등을 찾아보았지요. 한마디로 너무 재미있었습니다. 방탄은 알면 알수록 흥미로웠지요.

『BTS와 아미 컬처』에는 대학생으로 보이는 트위터 사용자가 올린 재미있는 글이 있습니다. 그는 '수업 중에 교수님이 항상 방탄 얘기만 한다면서 아마 아미의 90%는 대학 교수일 것'이라고 푸념했습니다. 대학 교수의 상당수가 아미일 것 같지는 않지만 교수들이 새로운 흐름이나 현상에 대한 관심을 많이 갖다 보니 이런 말이 나온 것 같습니다. 재미있는 일은 또 있습니다. 빌보드에 투표할 때 어떤 나라에서 방탄에 표를 던졌는지 확인해 본 결과, 놀라운 사실이 발견되었지요. 바로 북한입니다. 북한에서도 비공식적으로 몇백 표를 방탄에게 투표했다는 겁니다. 방탄은 해병대도 못하는 '북한을 뚫었습니다'.

그런데 방탄을 이해하기에는 뭔가 1% 부족하다는 생각이 들었습니다. 그래서 저는 2019년 8월 'BTS 인사이트 포럼'에 참석했습니다. 하루 참가비만 10만 원이 넘었습니다. 포럼은 방탄 신드롬을 사회적인 현상으로 규정하고, 문학, 미술, 인문학, 경제 등 여러 분야에서 조명하기 위해 마련된 것입니다.

그래도 저는 만족하지 못했습니다. 자연스럽게 방탄의 노래나 뮤직비디오의 모티브가 됐거나 방탄이 추천했다는 책들로 관심이 옮겨 갔습니다. 이제 방탄의 음악을 들으며 그 책들을 읽는 데 시간을 보냈습니다. 이미 읽은 책들이 대부분을 차지했지만, 아직 읽지 않은 책들도 있었죠. 특히 무라카미 하루키의 책은 제가 예전에 큰 흥미를 느끼지 못해 한 권 정도밖에 읽지 않았거든요.

방에 틀어박혀 방탄의 음악을 틀어놓고, 방탄이 추천한 '방탄 도서'를 읽기 시작했습니다. 퇴근하면 방구석에서 나오지 않은 채 오직 방탄의 노래를 들으며 책을 읽었습니다. 그러다 아내와 딸에게 옐로카드를 받기도 했죠. 이유는 노래 때문에 시끄럽다는 것과 방에서 나오지 않는다는 것이었습니다. "가족보다 방탄이 좋냐?"는 힐난이 쏟아졌습니다.

하지만 가만히 생각해 보면 이 시간이 가장 행복한 시간이었습니다. 전에 읽지 않은 무라카미 하루키의 『1Q84』, 『기사단장 죽이기』, 『해변의 카프카』, 『노르웨이의 숲』을 처음으로 읽었지요. 저는 방탄의 노래나 뮤직비디오의 모티브가 된 책은 물론, 평소 독서를 좋아하는 방탄 멤버가 추천했다는 책을 모조리 찾아 읽었습니다. 리스트를 만들었습니다. 약 1년 동안 저는 '방탄 리스트'를 읽는 데 집중했습니다.

그뿐만이 아니었죠. 예전에 읽었던 책을 다시 읽었습니다. 『참을 수 없는 존재의 가벼움』, 『채털리 부인의 연인』, 『적과 흑』, 『노인과 바다』, 『이방인』, 『데미안』, 『수레바퀴 아래서』, 『1984』 등과 국내 소설 『소년이 온다』 등을 다시 살펴보았죠. 이 기간 동안 『참을 수 없는 존재의 가벼움』, 『수레바퀴 아래서』, 『데미안』 등은 두 번 이상 읽었습니다.

이 책에서 다루는 방탄 리스트는 37개 작품입니다. 김연수의 『원더보이』, 구리 료헤이·다케모도 고노스케의 『우동 한 그릇』 등은 다른 비슷한 작품을 이미 넣었거나 제가 게을러서 글을 싣지 못했습니다. 그런데 책을 읽으면서 방탄 리스트를 몇 개의 키워드로 정리할 수 있다는 생각을 했습니다. 가만 생각해 보니 방탄은 일곱 명이니까 일곱 개의 키워드로 정리하면 좋을 것 같았습니다.

그렇게 해서 나온 게 『방탄 독서』 각 장의 키워드입니다. 순서대로 정체성, 본질, 모험, 성장, 소통, 사랑, 위로입니다. 어떤가요? 마음에 드시는지요. 각각의 키워드가 방탄 멤버와 어떻게 연계되는지는 설명할 수 없지만 어쨌든 일곱 개의 단어로 정리했습니다. 그리고 각각의 작품들에 대해 책 요약과 함께 제 의견을 쓰기로 했습니다. 때론 걱정이 앞서기도 했습니다. 왜냐하면 여기에 나오는 작품들은 문학인데 스포일러가 될 수도 있다는 생각 때문이죠.

저는 약 15년 전에 상영된 영화 〈구타유발자들〉을 떠올렸습니다. 그리고 다른 사람들의 독서 욕구를 돋울 수 있는 '독서유발자'가 되기로 마음먹었습니다. 그래서 스포일러가 될 수도 있다는 비난을 감수하고 각각의 책에 대한 제 얘기를 싣기로 했습니다. 방탄을 계기로 우리나라에도 독서 붐이 일어나면 좋을 것 같다는 생각도 했습니다.

방탄 리스트를 글로 쓸 때 가급적 부정적인 코멘트는 하지 않으려고 합니다. 되도록 좋은 점만을 언급하겠습니다. 이정모 국립과천과학관장의 표현대로라면 '주례사 서평'을 하겠다는 것이죠. 결혼 주례사 때 신랑이나 신부의 단점을 얘기하는 경우는 없지 않습니까.

이제 본격적으로 글을 쓰기로 했습니다. 그리고 일단 공간 확보에 들어갔습니다. 연구원 내 조그만 회의실에서 글을 쓰기로 했지요. 회의실에 나만의 공간, 슈필라움을 확보했습니다. 본격적인 업무 시작 전, 오전 일곱 시부터 아홉 시까지 노트북과 함께 보냈습니다. 회의실에 남모르게 침도 발라놨습니다. 보이지 않는 구석에 볼펜으로 'BK(병관의 약자) 집필실'이라고 적어 놨습니다.

주말을 제외하고 매일 두 시간씩 글을 썼습니다. 출근하면 커피 한잔 들고 BK 집필실로 갔지요. 두 시간은 꼼짝 않고 한 꼭지씩 썼습니다. 마치 무라카미 하루키처럼요. 돌이켜 보니 두 달 동안 이 약속을 지키지 않은 날이 하루도 없군요. (스스로에게 박수를 보냅니다. 짝짝짝.)

코로나19로 사회가 급변하고 많은 자영업자를 비롯한 사람들이 어려움에 처해 있습니다. 사회는 대면 사회에서 비대면 사회로 변하고 있지요. 이러한 상황에서 『방탄 독서』가 많은 사람들에게 '코로나 블루'에서 벗어나는 계기가 되기를 기원합니다. 방콕 해야 하는 이때 방탄의 노래를 들으며 『방탄 독서』를 읽는다면 큰 기쁨일 것입니다. 나아가 이 책에서 언급한 몇 권의 책은 직접 읽고, 저의 생각과 비교한다면 더욱 유익한 '코로나 독서'가 될 것으로 확신합니다. 코로나 블루를 치료하고 달래줄 수 있는 것은 문학 작품일지도 모르죠.

미국 작가 토니 모리슨은 '당신이 정말로 읽고 싶은 책이 있는데 아직 그런 책이 없다면 당신이 직접 써야 한다'고 말했습니다. 『방탄 독서』가 코로나 시대에 '코로나 블루'를 잊게 해주고 책을 읽는 기쁨을 주었으면 하는 바람입니다. 그리고 더 많은 사람들이 『방탄 독서』를 즐겼으면 합니다. 그것으로 충분합니다.

– 2021년 2월

최병관

# 목차

프롤로그 저는 어쩌다 『방탄 독서』를 했을까요? *004*

## Chapter 1    정체성(正體性)

### 나는 누구인가? 어디에서 왔는가?

『달과 6펜스』 _ 내 삶을 찾아가는 '타이티 여정' *022*

『이방인』 _ '부조리한 삶'에 대한 반항 *027*

『뱀에게 피어싱』 _ 신체 개조를 통한 자아 찾기 *032*

『한없이 투명에 가까운 블루』 _ 처음엔 역겹지만 나중엔 공감되는 '블루' *037*

『82년생 김지영』 _ 100만을 울린 '지영 씨의 삶'은? *042*

『연금술사』 _ 자아 탐색을 위해 떠나는 양치기 *047*

**Chapter 2** **본질**(本質)

# 아무것도 변하지 않는다

『1984』 _ 『1984』로 들여다본 우리 사회는? **059**

『차라투스트라는 이렇게 말했다』 _ 삶의 본질에 대한 철학으로의 초대 **063**

『해변의 카프카』 _ 복잡하지만 본질에 대한 얘기 **068**

『바람의 열두 방향』 _ '희생양' 삼아 행복을 추구하는 사람들 **073**

『신곡』 _ 지옥을 통한 인간 본성에 대한 성찰 **076**

**Chapter 3** **모험**(冒險)

# 탐험가 없는 안전한(?) 나라

『80일간의 세계일주』 _ 세계일주를 해본 사람은 얼마나 될까? **089**

『해저 2만리』 _ 도전정신 바탕은 세상에 대한 탐구 **095**

『은하수를 여행하는 히치하이커를 위한 안내서』 _ 취중에 지은 멋진 제목의 우주책 **100**

『파랑새』 _ 행복이라는 파랑새를 찾고 있나요? **105**

『허클베리 핀의 모험』 _ 자유를 찾아 떠나는 모험 여행 **109**

**Chapter 4**　**성장**(成長)

## 성장통으로 아픈 젊은 날

『수레바퀴 아래서』 _ 19세기 독일을 닮은 한국의 교육 현실　**123**

『데미안』 _ 어느 누구도 대신할 수 없는 삶　**128**

『호밀밭의 파수꾼』 _ 허위와 가식에 맞서다 무너지는 소년　**134**

『노르웨이의 숲』 _ 수렁에서 늪으로 빠져드는 청춘　**139**

『아몬드』 _ '감정을 느끼지 못하는' 소년의 아픔　**145**

**Chapter 5**　**소통**(疏通)

## 사람의 마음을 움직이는 건?

『참을 수 없는 존재의 가벼움』 _ 몇 번을 더 읽어야 할까?　**158**

『변신』 _ 진정한 '변신'을 추구하는 방법　**165**

『노인과 바다』 _ 노인과 청새치의 전투(?)적 소통　**170**

『당신 인생의 이야기』 _ 쉽게 접할 수 없는 이상한(?) 이야기　**176**

**Chapter 6**  **사랑**

## '사랑이 뭐지?' 인류의 영원한 화두

『적과 흑』 _ '적과 흑'을 소망했던 흙수저의 사랑  **190**

『미 비포 유』 _ 죽음을 준비하는 남자, 그를 사랑하는 여자  **195**

『채털리 부인의 연인』 _ 억울한(?) 채털리 부인을 위한 변명  **201**

『자기 앞의 생』 _ 창녀 아이 돌보는 아줌마와 소년의 사랑  **207**

**Chapter 7**  **위로(慰勞)**

## 무엇이 우리에게 위안을 줄까요

『1Q84』 _ 마약 김밥처럼 읽기를 그칠 수 없는 소설  **219**

『기사단장 죽이기』 _ 메타포와 이데아 사이의 기사단장  **224**

『어린 왕자』 _ 당신은 지금도 『어린 왕자』를 읽나요?  **228**

『한입 코끼리』 _ '궁금해'와 '잘난 척'의 인생문답  **232**

『나미야 잡화점의 기적』 _ 나미야의 '따뜻한' 상담 편지  **237**

『소년이 온다』 _ 문학이 광주 시민에게 전하는 위로  **242**

『키친』 _ 부엌에서의 행복한 '상처 깁기'  **246**

『그녀에 대하여』 _ 슬프지만 애틋한 위로와 치유  **251**

에필로그  『방탄 독서』, 행복한 시간이었어!  **256**

# Chapter
# 1

# 정체성(正體性)

나는 누구인가?
어디에서 왔는가?

우선 일곱 개의 키워드 중 첫 번째로 자아 정체성에 대해 얘기해 보려고 합니다. 그런데 정체성이란 무엇인가요. 어디 설명해 주실 수 있는 분 없나요. 그렇습니다. 우리는 정체성이라는 말을 자주 사용하고 있지만 그 뜻을 알고 있는 사람은 많지 않은 것 같습니다.

　고려대 박선웅 교수는 『정체성의 심리학』에서 우리들이 궁금해 하는 정체성에 대해 설명하고 있습니다. 박 교수는 정체성의 정체를 낱낱이 밝혔습니다. 확 다가옵니다. 여기에 그의 말을 옮겨봅니다. 그는 '정체성이란 자신에게 중요한 것이 무엇이고, 자신에게 의미 있는 일이 무엇인지를 이해하고, 이를 바탕으로 삶의 방향에 대해 결단을 내린 정도를 의미한다'고 정의합니다. 정체성의 의미를 이해하셨나요.

　사전에는 이렇게 나옵니다. '상당기간 동안 비교적 일관되게 유지되는 고유한 실체로서의 자기에 대한 경험'이라고 말입니다. 이제 감을 잡을 수 있겠죠. 우리는 항상 이런 고민을 하며 살아가고 있습니다.

　저는 자아 정체성이라는 단어를 생각할 때마다 평소 좋아하는 작가 밀란 쿤데라의 소설 『정체성』을 떠올립니다. 이 소설은 51개의 짤

막한 장들로 구성됐는데 중년의 이혼녀 샹탈과 그의 애인인 장-마르크, 두 사람의 시각이 서로 교차하면서 이야기가 전개됩니다.

여기에서 『정체성』에 대해 자세히 얘기하지는 않겠습니다. 쿤데라가 이 작품에서 정체성에 대한 본질을 파악하고 있지 않다고 느꼈기 때문입니다. 지금까지 수없이 많은 밀란 쿤데라의 작품을 읽었지만 『정체성』처럼 '정체성'이 없는 소설은 처음입니다. 완전 실망입니다. 쿤데라도 이렇게 의미 없는, 재미없는, 혹평 받는 작품을 쓸 수도 있구나 하고 생각해 봅니다. 언제나 독자의 심금을 울리는 작품만 쓰는 것은 아닌가봅니다.

정체성은 다른 사람이나 과거가 만들어 주는 것이 아닌, 지금 내 안에 있는 것이라고 얘기합니다. 자신의 정체성을 멀리서 찾을 일은 아닌 것 같습니다. 모든 사람은 다른 사람과의 관계 속에서 살아가지만 진정한 정체성은 관계에 있는 것이 아니라 내 안에 웅크리고 있는 것 같습니다. 그게 진정한 자신의 정체성인지도 모르겠습니다.

사람들은 대화 중 "너의 정체성은 뭐냐?"고 묻곤 합니다. 다른 말로는 "나는 누구? 너는 누구?"라고 하죠. 저도 이런 질문을 받기도 하고, 때론 질문을 하기도 합니다. 이럴 때 저는 하나의 그림을 생각합니다. 바로 폴 고갱의 '우리는 어디서 왔는가? 우리는 누구인가? 우리는 어디로 가는가?'라는 그림이죠. 제목이 끝내줍니다. 모든 정체성 문제를 담고 있지요.

저는 한때 미술에 푹 빠진 적이 있습니다. 미술계에 종사하는 사람들과 사귀고 많은 친분을 쌓은 적이 있습니다. 지금 '그래?' 하고 뜻밖이라는 표정을 짓는 사람도 있는 것 같은데 어쨌든 과거에는 그랬습니다. 지금 생각해 보면 그때는 그림에 대한 이해의 폭을 넓히는 시기였습니다.

전 고갱의 그림을 직접 보지는 못했고, 어느 책에선가 그 그림에 대해 설명한 것을 읽었습니다. 왜냐하면 폴 고갱의 그림 제목이 당시 제가 고민하던 세 가지 사항과 일치했기 때문이죠. 그림 제목에서 짐작할 수 있듯이 이 그림은 인간 존재의 근원에 대한 철학적인 질문을 담고 있습니다. 당시 고갱은 악화된 건강과 생활고, 그리고 사랑하는 딸의 죽음으로 인해 괴로운 나날을 보내고 있었지요. 그는 자살을 결심하고, 죽기 전 마지막으로 이 작품을 그렸다고 전해지고 있습니다. 저는 아직 보스턴 미술관에 소장되어 있는 이 그림을 직접 보지 못했습니다. 언젠가 보스턴에 가고 싶습니다. 그리고 그 그림 앞에 서고 싶습니다.

사실 『나는 오십에 작가가 되기로 했다』라는 책도 저의 사추기를 맞아 정체성을 찾아가는 과정에서 책을 읽고, 정리하고, 사유하는 삶에서 자연스럽게 나온 결과물이라고 할 수 있습니다. 지금도 마찬가지지만, 아마 죽을 때까지 그렇겠지만 당시 제가 누구인지 정말 궁금했습니다. 그래서 40대 초 제 인생에서 처음이자 마지막으로 점집을 찾은 적도 있습니다. 제가 책을 읽고 글을 쓰게 된 배경도 책을 읽다

보면 정체성을 알 수 있을 것이라고 믿었기 때문이죠. 점술가는 저에게 '당신은 혼자 조용히 있는 것을 좋아하는 팔자니 책 읽고 글 쓰는 게 제격'이라고 말했습니다. 그 점술가의 말을 그대로 믿는 것은 아니지만 대략 맞는 것 같아 지금도 이처럼 책 읽고 글 쓰는 데 많은 시간을 보내고 있습니다.

당시 저는 저의 정체성을 찾고자 몸부림을 쳤던 것으로 기억합니다. 괜찮은 강의가 있으면 찾아가고, 그가 쓴 책을 읽었습니다. 그러다 보면 정체성을 알 수 있을 거라고 생각했습니다. 그렇게 해서 얻은 결론은 무엇일까요. 딱 꼬집어 뭐라고 할 수는 없지만 정체성을 찾았다고 할 수 있습니다. 조용하게 혼자서 책 보고, 글 쓰고, 시간이 더 나면 산책하면서 멍 때리는 것입니다. 그렇게 잠정적으로 결론을 내리고 살아가고 있습니다.

가만히 생각해 보니 저는 뭔가 궁금한 것이 있으면 그 답을 책에서 찾으려 했던 것 같습니다. 밀란 쿤데라의 『정체성』이라는 소설도 이 책의 '정체성'이라는 키워드를 고민하면서 읽었습니다. 물론 밀란 쿤데라는 평소 제가 '밀쿤'이라는 약어로 부르는 최애 작가지만 순전히 정체성이라는 제목 때문에 이 소설을 손에 잡았던 것이 사실입니다.


철학자 최진석 교수는 강연할 때 너무 근원적인 의제여서 잊고 살아가는 질문을 던지며 시작합니다. 가끔 뜨끔합니다. 사람들은 보통 이런 질문을 하지 않지요. 최 교수는 반대로 이런 질문을 던집니다.

여러분은 바람직한 일을 하면서 살고 계십니까, 아니면 자기가 바라는 일을 하면서 살고 계십니까?

여러분은 해야 하는 일을 하면서 살고 계십니까, 아니면 하고 싶은 일을 하면서 살고 계십니까?

여러분은 좋은 일을 하면서 살고 계십니까, 아니면 좋아하는 일을 하면서 살고 계십니까?

가끔, 아주 가끔 최 교수의 이런 질문에 스스로 답하는 시간을 가지면 좋을 것 같습니다. 위 질문에 정답은 없지만 자신의 정체성을 확인하고, 성찰하는 계기는 될 것이라고 믿습니다.

# 내 삶을 찾아가는
## '타이티 여정'

『달과 6펜스*The Moon and Sixpence*』
윌리엄 서머싯 몸*William Somerset Maugham* 지음

저는 앞에서 정체성을 얘기하며, 폴 고갱의 '우리는 어디서 왔는가? 우리는 누구인가? 우리는 어디로 가는가?'라는 그림에 대해 잠깐 거론했습니다. 이번에는 이와 관련된 소설입니다. 바로 윌리엄 서머싯 몸의 『달과 6펜스』죠. 『달과 6펜스』는 프랑스 후기 인상파 화가 폴 고갱의 삶을 배경으로 하고 있습니다. 폴 고갱의 신화가 서머싯 몸의 펜 끝에서 다시 살아난 셈입니다.

먼저 『달과 6펜스』의 줄거리부터 간단하게 살펴보겠습니다. 주인공 찰스 스트릭랜드는 영국 런던의 좋은 남편, 자상한 아버지, 정직한 주식 중개인으로 살아갑니다. 하지만 그는 어느 날 폭탄선언을 합니다. 그리고는 사랑하는 아내와 아들, 딸을 포함하여 지금까지 가진 모

든 것을 버리고 다른 삶을 선택합니다. 인생 자체를 180도 바꿉니다. 광기狂氣어린 결정이라고 할 수 있습니다. 그는 "나는 그림을 그리고 싶소"라고 말합니다. 스트릭랜드는 파리에 정착하지만 가난에 쪼들리게 되지요.

스트릭랜드가 굶주림과 질병으로 쓰러졌을 때, 그를 구해준 사람은 바로 더크 스트로브라는 화상畫商입니다. 그는 스트릭랜드의 재능을 아깝게 여겨 그를 집에 데려가 아내와 함께 극진히 간호합니다.

하지만 상황은 급반전됩니다. 스트릭랜드는 은혜를 원수로 갚지요. 배은망덕이 따로 없습니다. 그는 스트로브의 아내 블랑시와 사랑에 빠집니다. 이해할 수 없는 일이 벌어지고 만 것이지요. 하지만 사랑은 오래가지 못하고 블랑시는 음독자살을 하게 됩니다. 보통 사람에게 스트릭랜드는 이해할 수 없는 '나쁜 놈'이지요.

그 후 스트릭랜드는 타이티에서 화가로서의 새 삶을 삽니다. 그는 원주민 처녀와 결혼하면서 자연 속에 파묻혀 열정적으로 그림을 그립니다. 하지만 나병에 걸려 생을 마감하죠. 스트릭랜드는 필생의 역작을 오두막 벽에 그립니다. 그러나 자신과 오두막을 함께 불태워달라는 유언을 남기죠.

『달과 6펜스』는 대략 이와 같은 이야기입니다. 스트릭랜드라는 인물은 폴 고갱과 비슷한 점도 있지만 다르기도 합니다. 독자들은 달과 6펜스가 무슨 의미인지 궁금할 겁니다. 하지만 소설에서 달과 6펜스는 나오지 않지요.

이제부터 달과 6펜스에 대해 알아보겠습니다. 이 부분은 해설에 잘 나와 있습니다. 달과 6펜스는 두 가지의 세계를 의미합니다. 사람을 지배할 수 있는 힘을 암시하기도 하지요. 둘 다 둥글고 은빛으로 빛나지만 성질은 전혀 다르다는 사실에 주목해야 합니다.

『달과 6펜스』에서 달은 영혼과 관능의 세계, 본원적 감성의 삶에 대한 지향을 암시한다면, 6펜스는 돈과 물질의 세계, 그리고 천박한 세속적 가치를 가리킵니다. 『달과 6펜스』는 중년 사내가 달빛 세계의 마력에 끌려 6펜스의 세계를 탈출하는 과정을 그리고 있지요.

그런데 궁금하지 않으세요? 5펜스나 10펜스가 아니라 왜 6펜스일 까요? 『달과 6펜스』가 출간된 1919년 영국은 10진법이 아니라 12진법을 썼다고 합니다. 1실링은 12펜스였죠. 따라서 6펜스는 가장 낮은 화폐 단위입니다.

화가 폴 고갱과 소설 주인공 스트릭랜드가 그토록 갈망한 예술의 극점이 '달'이라면 그의 척박한 현실을 거울처럼 비추는 은화는 바로 '6펜스'인 셈입니다. 달과 6펜스에는 이런 뜻이 담겨 있습니다.

모든 사람은 예술과 일상, 꿈과 현실 사이에서 갈등합니다. 많은 예술 작품은 그런 갈등의 내면을 보여주지요. 사람들은 자신이 꿈을 좇아 모든 것을 버리는 예술지상주의와 세속적 안락 앞에 세상과 타협하는 현실주의자의 중간에서 좌고우면하며 흔들리며 살아갑니다. 『달과 6펜스』는 폴 고갱을 삶을 스트릭랜드에 접목시켜 이런 사실을 전해주고 있습니다.

제가 재미있게 읽은 부분은 스트릭랜드가 런던에 남겨둔 전처 에이미의 태도에 대한 이야기입니다. 그녀는 자신을 떠난 남편을 향해 더러운 병에 걸려 썩어 문드러져 죽으라고 저주를 퍼부었습니다. 그러나 스트릭랜드가 유명해지자 태도를 확 바꿉니다. (그런데 생각해 보니 스트릭랜드는 아내의 저주가 통한 듯 정말 나병에 걸려 죽습니다.) 에이미는 스트릭랜드의 그림이 유명해지자 그림으로 집안을 장식하고, '천재의 부인'이라고 떠들면서 남편의 일대기를 글로 써달라고 부탁하러 다니기도 합니다. 세상일은 참 알 수 없습니다. 그래서 재미있는 걸까요.

개인적으로 서머싯 몸의 『달과 6펜스』를 아주 재미있게 읽었습니다. 하지만 누군가는 책을 읽으며 불편을 느꼈을 수도 있습니다. 곳곳에서 발견되는 '여성 혐오' 때문이죠. 소설에는 '교양 있는 여자들은 몰취미한 남자들과 결혼한다'거나 '똑똑한 남자는 교양 있는 여자와 결혼하고 싶어 하지 않는다'라고 말합니다. 여러분은 이에 대해 어떻게 생각하시나요? 요즘 같으면 몰매 맞을 소리죠.

서머싯 몸과 관련된 개인 신상에 대한 얘기도 흥미로운데요. 서머싯 몸이 영국 해외정보국M16의 역사서에 정보 요원으로 이름을 올렸다는 것입니다. M16은 영화 '007 시리즈'로 이름이 널리 알려진 첩보 기관으로 1909년에 창설됐습니다.

그런데 이 역사서에 서머싯 몸과 『제3의 사나이』로 알려진 소설가 그레이엄 그린, 『제비호와 아마존호』의 작가 아서 랜섬 등이 M16 요원으로 활동한 사실이 확인됐다고 합니다. 서머싯 몸이 정보 요원으로 활동한 적이 있다는 소문은 있었지만 공식 확인된 것은 처음이라고 합니다. 우리나라로 치면 국가정보원 요원이 소설가로 활동했다는 것과 마찬가지네요. 정보 요원이 소설가로 활동하면 소설을 쓰는 데 도움이 될까요? 갑자기 궁금해집니다.

『달과 6펜스』를 읽은 후, 저는 기초과학연구원*IBS*에서 개최한 창의 그림 공모전 심사위원으로 참석했습니다. 그 자리에서 미술교육 전문가를 만나 "저도 미술을 배우고 싶은데 어떻게 하는 게 좋을까요?" 하고 물었습니다. 그는 미술을 배우려는 사람이 많다며 가까운 미술학원에 등록할 것을 권했습니다. 성인이 된 후 그림을 배우려고 학원이나 화실을 찾는 사람들이 많다고 합니다.

그리고 싶은 것은 누구에게나 잠재되어 있는 욕망인 것 같습니다. 어렸을 때 많은 사람들은 화가를 꿈꾸지요. 하지만 대부분 사람들은 그 욕망을 감춘 채 오늘도 직장으로 출근해 상사의 눈치를 보며 살아갑니다. 그게 우리의 인생인가 봅니다.

# '부조리한 삶'에 대한
# 반항

『**이방인**L'Étranger』
알베르 카뮈*Albert Camus* 지음

여러분! 혹시 글쓰기 강좌에 참여해 보신 적 있나요? 저는 가끔 글쓰기 강의를 하는데 첫 문장의 중요성을 언급하는 경우가 있습니다. 멋진 첫 문장의 예로 알베르 카뮈의『이방인』을 거론하곤 합니다. 뭔지 아시겠어요? 바로 '오늘 엄마가 죽었다. 아니 어쩌면 어제. 양로원으로부터 전보를 한 통 받았다'이지요. 정말『이방인』의 첫 문장은 강렬했습니다. 처음『이방인』을 읽은 후 다른 내용은 기억이 나지 않는데 이 문장만 생각났습니다. '오늘 엄마가 죽었다.' 정말 잊을 수 없는 문장입니다. '망치로 머리를 때렸다'는 사람도 있더군요. 여러분은 어떠세요.

네, 그렇습니다. 이제부터 본격적으로『이방인』에 대해 살펴보겠습니다. 세상의 부조리를 고발한 이 소설은 북아프리카 알제리의 수도 알제에 사는 평범한 직장인 뫼르소가 받은 전보 한 통으로 시작합니다. 바로 어머니의 부음이죠.

뫼르소는 이웃 레몽으로부터 바닷가 별장에 함께 놀러 가자는 제안을 받고, 별 생각 없이 따라나섭니다. 바닷가로 놀러 가자는데 마다할 사람은 없지요. 저만 해도 지금 친구가 놀러가자고 하면, 그것도 바닷가로 떠나자고 하면 당장 짐을 꾸릴 것 같으니까요.

여기서 사건이 벌어집니다. 해변에서 레몽의 옛 애인 때문에 아랍인들과 싸움이 벌어진 뒤 그들 중 한 명이 비스듬히 누운 채 칼을 뽑아들자 뫼르소는 주머니에 있던 권총을 꺼내어 방아쇠를 당깁니다. 탕 탕~~~.

체포된 뫼르소는 재판에 회부되는데 뜻밖에도 엄마의 장례식에서 냉담했다는 비난을 받습니다. 이건 도대체 뭐죠. 이게 뭡니까. 모두가 살인죄라고 비난하기보다는 그가 패륜아라고 떠들어댑니다. 뫼르소는 장례 다음날 여인과 사랑을 나누기도 하지요. 이게 패륜일까요. 아닐까요. 언젠가 어떤 영화에서는 상喪 중인 여자가 남자와 사랑을 나누는 장면이 있었습니다. 갑자기 그 장면이 문득 머리를 스쳐지나갑니다.

재판에서 살해 동기에 대해 뫼르소는 '태양 때문'이라고 대답합니다. 태양 때문이라니요. 그게 말이 됩니까. 제가 아는 천문학 상식으로 태양은 항상 떠 있었는데 태양 때문에 살인을 하다니 좀 엉뚱한 대답이 아닐 수 없습니다. 태양은 죄가 없습니다. 태양은 무죄죠.

『이방인』의 줄거리는 대략 이렇습니다. 이 책을 읽는 여러분 대부분은 『이방인』을 읽었겠지만, 만약 그렇지 않다면 한 번 읽어보십시오. 별로 길지도 않습니다. 벽돌책이 아니라 컵라면 덮개로 적당합니다. 작품 해설이니, 작가 연보니, 미국판 서문이니, 온갖 부수적인 내용을 빼면 136쪽에 불과합니다.

만약 『이방인』을 읽고 이해가 안 된다면 이것저것 자료를 찾아보면 됩니다. 요즘에는 정보가 넘쳐나는 세상이잖아요. 저는 철학자 이정우의 『탐독』에서 『이방인』에 대해 말하는 것을 읽고 많은 부분을 이해했습니다. 물론 지금도 『이방인』을 모두 이해했다고 할 수는 없지요.

『탐독』에서 이정우는 '의미가 완전히 발가벗겨진 세계, 그 세계에서 인간은 완벽한 무의미 앞에 서게 된다. 그 세계에서 인간은 이방인이다'라고 말합니다. '이방인은 존재론적 의식의 통과의례'라고 그는 강조하지요.

왜 갑자기 이정우냐고요. 이건 완전히 개인적 인연 때문입니다. 그는 10여 년 전 한 대학에서 철학 특강을 한 적이 있는데 저는 오후에 휴가를 내고 특강에 참석했습니다.

그런데 그는 당일 몸이 너무 아파 힘들어 하는 표정이 역력했습니다. 설상가상, 그런데 특강 후 참석자들의 질문이 쏟아졌습니다. 우리나라 사람들이 철학에 이렇게 관심이 많은가요. 저도 뭔가 이런저런 질문을 했는데 이정우는 그 상황에서도 최대한 열심히 설명을 했습니다. 그때는 몰랐는데 시간이 지난 후 『탐독』을 읽을 때 그때 일이 떠올랐습니다. 미안한 마음이 들더군요. (특강 때 몸이 불편한데도 이런저런 질문을 해서 죄송합니다.)

　이 장은 자아 정체성에 대해 얘기하고 있는데요. 그럼 뫼르소의 정체성은 무엇일까요. 부조리로 가득한 세상에 대한 '반항'으로 정사와 살인을 저지른 것인가요. 그것이 그의 정체성인가요. 아무리 부조리한 삶, 불합리한 세계, 희망 없는 죽음이 계속된다 하더라도 살인 말고 다른 방법으로 반항할 수는 없는 걸까요. 해법이 오직 그것밖에 없을까요. (누군가 정석도 있다고 우스갯소리를 던지는군요. 저는 고등학교 때 수학 공부를 정석이 아닌 해법으로 해서 해법을 선호합니다. 하하하.)

　『이방인』을 읽고 다시 질문을 던져봅니다. 도대체 『이방인』에서 뫼르소의 정체성은 무엇일까요. 이 글을 쓰고 있는 순간에도 저는 '뫼르소의 정체성'에 대해 고민하고 있습니다. 『이방인』에서 주인공을 둘러싼 주변 사람들은 뫼르소가 어머니의 죽음에 직면했다는 어떤 '사실'이나 확인된 '팩트'보다 장례식이라는 하나의 부과된 '격식'을 중요하게 생각합니다. 이런 것이 우리 시대의 자화상인지도 모르겠습니다.

　『이방인』이나 '뫼르소의 정체성'이나 어렵기는 마찬가지입니다. 『이방인』은 세계와 삶에 대해 새로운 의미를 부여하는 숙제를 남겼습니다. 부조리한 세상에서, 불합리한 삶에서 나름대로 의미를 찾아내면서 꿋꿋하게 살아나가는 것이 진정한 정체성이 아닐까요.

　그것이 알베르 카뮈가 『이방인』을 통해서, 뫼르소의 입을 빌어 오늘날을 살아가는 우리에게 던지는 의미라고 생각합니다. 여러분은 어떠신지요. 지나친 오독이 아니면 나름대로의 해석은 중요하다는 것이 평소 제 생각입니다. 우리는 지금 문학 작품에 대해 얘기하고 있잖아요.

　그래서 뫼르소가 상고를 생각하면서 '인생이 살 만한 가치가 없다는 것은 누구나 알고 있다'고 말하는 것은 스스로에 대한 역설인지도 모릅니다. 저는 '인생은 충분히 살 만한 가치가 있다'고 반박하고 싶습니다. 어차피 세상은 모순투성이이고, 모든 것이 필연보다는 우연으로 이루어져 있지만 그럼에도 불구하고 인간은 논리를 추구합니다. 의미와 질서를 표방하기도 하지요. 모순과 논리는 항상 뒤섞이는 숙명이라는 생각이 듭니다.

# 신체 개조를 통한
자아 찾기

『뱀에게 피어싱蛇にピアス』
가네하라 히토미金原ひとみ 지음

 

이번에 읽는 책의 제목이 좀 끔찍합니다. 『뱀에게 피어싱』이기 때문이죠. 뱀에게 피어싱을 한다는 게 말이 됩니까. 감히 누가 뱀에게 피어싱을 해줄 생각을 했을까요.

그 사람은 일본 작가 가네하라 히토미입니다. 그녀는 열아홉 살 때 『뱀에게 피어싱』을 썼습니다. 작가의 천재적 기질이 마냥 부럽기만 합니다. 저에게는 왜 그런 재주가 없을까요? 저는 『나는 오십에 작가가 되기로 했다』라는 책 제목에서 알 수 있듯이 오십에 겨우 첫 책을 냈습니다. 오십은 너무 늦은 나이일까요. 뭐, 그렇게 늦지는 않은 것 같습니다. 지금은 100세 시대 아닙니까. 물론 가네하라 히토미에 비하면 많이 늦었지만요.

『뱀에게 피어싱』을 읽게 된 것은 아주 우연한 기회였습니다. 몇 년 전 중·고등학생을 대상으로 독서, 글쓰기와 관련된 특강을 했습니다. 그때 강연 내용을 많이 고민했지요. 어떻게 하면 중·고등학생들의 고민이나 방황, 좌절을 이해할 수 있을까 생각했습니다. 그러다 『뱀에게 피어싱』을 접했습니다.

『뱀에게 피어싱』의 내용은 대략 이렇습니다. 주인공 루이는 클럽에서 스플릿 텅 *split tongue*(갈라진 혓바닥)을 한 아마를 만납니다. 신체 개조의 일종인 스플릿 텅에 반한 루이는 아마를 따라 피어싱 가게에 가지요. 루이는 그곳에서 가게 주인 시바를 소개받고, 혀에 피어싱을 한 루이는 구멍을 점점 늘려 스플릿 텅이 되기를 기다립니다.

주인공 루이는 자기를 좋아하는 아마와 동거를 하면서 그에게서 일종의 소유욕을 느낍니다. 그러면서 시바와 사도 마조히즘(SM)적 관계를 갖지요. 루이는 등에 아마의 용 문신과 시바의 기린 문신을 나란히 새겨 넣습니다. 그러던 어느 날, 아마는 루이에게 치근대는 불량배와 싸움을 벌입니다. 그런데 루이는 신문에서 그 남자가 죽었다는 기사를 읽게 됩니다. 루이는 점점 식욕을 잃고 맥주만 마십니다. 그러던 중 아마가 사라집니다. 행방불명.

루이, 아마, 시바의 관계는 모호합니다. 애매모호하다는 표현이 딱 맞는 것 같습니다. 그들은 목적과 방향을 잃고 떠다니는 배처럼 삶이라는 바다를 그저 떠다닐 뿐입니다. 그런 이야기를 그리고 있습니다.

『뱀에게 피어싱』에는 가학적인 섹스 장면이나 피어싱을 한 루이의 혀에 끼워지는 피어스의 굵기가 한 단계씩 굵어질 때마다 벌어지는 장면들이 나오는데요. 사람에 따라서는 역겨울 수도 있습니다. 하지만 그 장면들은 각 인물의 존재 이유, 삶의 방식 등을 함축하고 있습니다. 루이와 아마의 정체성의 문제인지도 모릅니다.

루이가 정말로 아마를 사랑했는지, 시바가 아마의 살인범인지, 시바를 의심하면서도 그를 감싸주고 그 옆에 남아 있기를 원하는 루이의 심리는 어떤 것인지 책을 읽으면 선명해지다, 헷갈리다를 반복합니다. 아마도 작가는 추리소설처럼 답을 제시하는 대신 각자가 상황에 맞게 해석할 것을 요구하는 것처럼 보입니다. 저에게는 그랬습니다.

『뱀에게 피어싱』은 스플릿 텅과 같이 신체적 고통을 통해 삶의 진정한 의미를 찾아가는 젊은이들의 자화상입니다. 달리 말하면, 육체적 고통을 통해 정신적 성장을 추구하고 있다고 할 수 있을 것 같습니다. 아마라는 남자를 처음 본 루이는 '끝내준다'는 반응을 보이고, "너도 신체 개조 한번 안 해볼래?"라는 그의 권유에 자기도 모르게 고개를 끄덕입니다. 독자들은 아마도 보통 사람들은 기피하는 이상한(?) 신체에 끌리는 루이의 모습을 발견할 수 있을 것입니다.

우리나라 사람들은 전통적으로 『효경』에서 공자가 말하는 신체발부수지부모身體髮膚受之父母라는 유교적 전통을 갖고 있지요. 저는 어렸을 때 이 말을 귀에 못이 박히도록 들으며 자랐습니다.

그러나 요즘 이런 분위기는 완전히 바뀌었지요. 자녀들의 원활한 사회 데뷔를 돕는 차원에서 졸업 선물로 쌍꺼풀 시술을 받는 것은 기본이라고 합니다. 젊은이들 사이에서 유행하는 피어싱, 문신, 타투 등은 일상화 되고 있습니다. 여기서 하나 유념할 것은 어떤 형태의 신체 개조도 모두 통증, 아픔, 고통을 수반한다는 것입니다. 신체 개조를 자신의 이상을 찾아가는 정체성 과정이라고 하면 과장일까요. 적어도 가네하라 히토미는 소설에서 이와 같이 그리고 있는 것 같습니다.

『뱀에게 피어싱』은 125쪽입니다. 아주 얇지요. 저는 이 책이 125쪽이라는 걸 지금도 기억합니다. 놀랍죠. 기억이 너무 강렬해서 그렇습니다. 당시 서울 출장길에 『뱀에게 피어싱』을 읽었는데 이야기가 너무 재미있어 어느덧 반절 이상을 읽게 되었습니다. 아직 집에 도착하려면 멀었는데 만약 『뱀에게 피어싱』을 다 읽으면 다른 읽을거리가 없어지게 되는 거죠. 그럼 불안해집니다. 그래서 남은 분량을 체크하면서 최대한 천천히, 아주 천천히 읽었습니다.

저는 『나는 오십에 작가가 되기로 했다』에서 『뱀에게 피어싱』을 '아껴 읽는 책'이라고 정의했습니다. 그리고 소설이지만 정독하고, 마치 굼벵이나 지렁이처럼 천천히 읽은 책이라고 덧붙였습니다. 『뱀에게 피어싱』이 마음에 다가온다면 그의 다른 책 『오토 픽션』, 『아미빅』을 읽어보는 건 어떨지요. 만약 여행이나 휴가 중에 가네하라 히토미의 책을 읽기로 했다면 한 권만 준비하지 마십시오. 두세 권 준비하는 것이 좋을 것 같습니다. 금방 읽어버리기 때문입니다. 여분의 책이 필요합니다.

젊은이들을 조금이라도 이해하고 싶다면 가네하라 히토미의 책을 읽을 것을 권합니다. 아버님, 어머님께 부탁드립니다. 아들, 딸에게 뭐라고만 하지 말고 그럴 시간이 있으면 가네하라 히토미의 책을 읽으시기 바랍니다. 그게 훨씬 도움이 될 것입니다. 저처럼요.

읽기도 쉽습니다. 단문으로 글을 써서 그렇지요. 구어체로 짜여 있어 마치 카페에서 대화하듯 이야기가 술술 풀립니다. 밤에 친구를 만나 술 한잔하는 분위기 같다고 해도 무리는 아닌 것 같습니다.

오래전 읽은 『뱀에게 피어싱』이지만 아직도 기억에 남습니다. 소설의 매력은 이런 데 있는 것 같습니다. 125쪽에 불과해서 '다 읽으면 어떡하지?' '다른 히토미의 소설을 지금 갖고 있지 않은데….' 하며 불안해하던 기억이 고스란히 남아 있습니다. 그리고 지금 그런 기억들이 무척 그립기도 합니다. 최근에는 그런 기억이 없기 때문이죠.

"스플릿 텅이라고 알아?"

"뭐야 그게? 갈라진 혓바닥?"

"그래, 맞아. 뱀이나 도마뱀 같은 혓바닥. 인간도 그렇게 할 수 있다. 볼래?" (5쪽)

『뱀에게 피어싱』은 이렇게 시작됩니다. 피어싱한 뱀처럼 강렬합니다. 한 번 읽어보시지 않겠어요.

# 처음엔 역겹지만
# 나중엔 공감되는 '블루'

### 『한없이 투명에 가까운 블루限りなく透明に近いブルー』
### 무라카미 류村上龍 지음

 

저는 솔직해야 할 것 같습니다. 『한없이 투명에 가까운 블루』에 대해 뭐라고 해야 할지 모르겠습니다. 하지만 말해보겠습니다. 어차피 이 글은 제가 느낀 감정을 그대로 표현하기 위해 쓰고 있는 거니까요.

이 소설은 너무 야했습니다. 소설계의 야동일까요. 소설 속에 등장하는 마약과 환각 상태에서의 그룹섹스 등은 선뜻 받아들이기 어려웠지요. 아마 대부분 사람들이 그랬을 겁니다. 이걸 사랑이라고, 청춘이 만끽할 사랑이라고 할 수 있을까요. '한없이 역겨운 소설'이라는 생각도 들었습니다. 어떤 이는 '저질', '퇴폐', '구토'라는 단어를 떠올릴 수 있겠지요.

무라카미 류의 『한없이 투명에 가까운 블루』는 주인공 류가 요코다

미군기지 주변에서 릴리와 동거하며, 다른 친구 및 미군 병사들과 함께 마약과 섹스, 폭력, 술에 탐닉하면서 벌어지는 사건을 묘사하고 있습니다. 류는 그런 생활에서 자신의 정체성에 대해 고민하고, 정신 분열에 가까운 착란 상태에서 자신의 팔에 유리 파편을 찌릅니다. 새벽에 풀밭에서 깨어난 후 그는 가장자리에 피가 묻어 있는 유리 조각을 보게 됩니다. 바로 그것이 한없이 투명에 가까운 블루죠. 이해가 되시나요.

고도 경제 성장을 이뤘지만 문화적으로 미국의 대중문화에 중독되어 있으며, 이것을 거부하려는 일본 젊은이들의 모습을 마약, 폭력, 혼음 등과 같은 충격적 소재를 통해 사실적으로 전달하려고 하고 있습니다.

소설은 대략 그런 이야기를 그리고 있습니다. 그런데 앞에서도 얘기했듯 저는 『한없이 투명에 가까운 블루』에 거부감이 들기도 했습니다. 책도 끝까지 읽어야 하나 하는 생각이 들기도 했지만 일단 읽어보기로 했지요. 내용이 길지 않고, 또 결말이 어떻게 날까 궁금하기도 했으니까요. 심하게 얘기하면 소설 속 젊은이들은 한마디로 젊음을 마음껏 즐기는 것처럼 느꼈습니다. 더 나아가 한정적인 젊음을 탕진하는 것으로 보이기도 했지요. 이 대목은 부럽기도 했습니다. 왜냐하면 젊을 때 젊음을 탕진하며 살았다고 생각하는 사람은 많지 않을 테니까요. 저 역시도 그랬습니다. 오직 '노오력'이라는 이데올로기가 우리를 짓눌렀지 않습니까.

만약 장정일 작가의 해설이 없었더라면 저는 아마도 반쪽짜리 독서를 했을 겁니다. 장정일의 해설을 읽고 무라카미 류는 물론이고 소설 속 주인공 류에 대해서도 더 이해할 수 있었습니다.

장정일 작가도 『너에게 나를 보낸다』, 『너희가 재즈를 믿느냐』 등 비슷한 소설을 썼던 기억이 나는군요. 어쨌든 장정일의 해설에서 많은 이해를 하게 되었지요. 미풍양속을 해치는 소설이 나름 담고 있는 의미에 대해 생각할 수 있었습니다. 장정일이 얘기하는 것처럼 '나한테는 나라는 게 없다. 나는 인형이다'와 '내가 있는 곳이 어딘지도, 그리고 가야 할 곳도 없다'에서 자신의 정체성을 찾아가려는 몸부림을 느낄 수 있었습니다. 여기에서 일본 젊은이들의 정체성 상실이 거듭 나타나고 있지요.

그리고 언젠가 읽은 무라카미 하루키의 『색채가 없는 다자키 쓰쿠루와 그가 순례를 떠난 해』가 겹쳐졌습니다. 주인공이 '나한테는 나라는 게 없기 때문에, 이렇다 할 개성도 없고, 선명한 색채도 없어'라고 말하는 장면이 떠올랐기 때문이지요. 무라카미 류와 무라카미 하루키는 40여 년의 사이를 두고 어쩌면 똑같은 얘기를 하고 있는 것 같습니다. 젊은이들의 몸부림과 정체성 상실은 어느 한 시기에만 존재하는 것이 아니라 계속되는 삶의 아픔이라는 생각을 하게 합니다. 두 사람의 무라카미가 얘기하고 있듯이 말입니다.

『한없이 투명에 가까운 블루』는 미국의 힘에 의해 경제적 풍요를 얻었지만 예전 일본의 방향성과 정신을 상실한 대가가 '미군기지에서 얻은 마약'임을 비유적으로 표현하고 있습니다. 아무튼 일본의 60~70년대 시대적 상황과 젊은이들의 내적 불안을 간접적으로 체험할 수 있었던 소설이었습니다. 사실 저는 이웃한 일본에 대해 잘 모르거든요. 일본 여행도 한 번 다녀왔을 뿐입니다. 단지 2박 3일 동안.

『한없이 투명에 가까운 블루』에서 인상적인 장면이 생각났습니다. 벌거벗은 채 널브러져 있던 일행과 함께 경찰서에 다녀온 류가 하비야 야외음악당에서 옛 친구를 만나는 장면이죠. 음악다방에서 핑크 플로이드의 음악만 나오면 양손을 벌리고 빙빙 돌던 친구는 류에게 교토에서 오르간 연주를 시켜달라고 찾아온 여자를 기억하냐고 묻습니다.

류가 이사 간 뒤, 친구는 그 여자랑 같이 살았습니다. 여자가 아직 도쿄에 있느냐고 묻자 친구는 종아리의 화상 자국을 보여줍니다. 소설 속 주인공들의 육체는 그처럼 불이 붙은 상태인 것 같습니다.

그리고 저는 『한없이 투명에 가까운 블루』를 읽고 불현듯 지금은 작고한 마광수 작가의 『즐거운 사라』를 생각했습니다. 『즐거운 사라』와 『한없이 투명에 가까운 블루』를 단순 비교할 순 없지만 그 사회에서의 대우는 전혀 달랐습니다. 마광수 작가는 『즐거운 사라』를 쓴 후 온갖 비난에 시달리다 결국 우울증으로 자살하고 말았습니다. 안타까운 일이지요. 작가는 문학 작품에 대한 과도한 비판 아닌 비난을 감당할 수 없었던 것 같습니다.

한쪽은 많은 문학상을 수상했고, 다른 쪽은 그런 미풍양속을 해치

# CHAPTER 1

는 소설을 썼다고 투옥까지 됐으니 말입니다. 이건 가깝고도 먼 두 나
라의 문화적 차이를 나타내는 사건처럼 보여 마음이 불편합니다.

# 100만을 울린
# '지영 씨의 삶'은?

**『82년생 김지영』**
김남주 지음

도대체 100만 부의 책을 판매했다는 것은 어떤 의미일까요. 김남주의 소설 『82년생 김지영』을 얘기하는 겁니다. 한국 소설 중에는 김훈의 『칼의 노래』, 신경숙의 『엄마를 부탁해』에 이어 세 번째라고 합니다. 네 번째 100만 부를 판매하는 책은 무엇일까요.

작가의 입장에서 보면 우선 경제적인 측면이 부럽습니다. 인세를 10%라고 가정할 때 100만 부가 팔리면 13억 원이 됩니다. 책은 1만 3천 원입니다. 영화로도 만들어졌으니 영화 판권 수입도 있겠네요. 해외 번역은 제외하겠습니다.

『82년생 김지영』의 내용은 간단합니다. 아주 평범하죠. 해외에도 출판된 『82년생 김지영』에 대해 〈뉴욕타임스〉는 '이 소설은 너무 평범한데 그것이 바로 핵심'이라고 소개합니다. 스토리는 단조롭습니다.

서른네 살 전업주부 김지영은 한국 사회 여성들이 학교와 직장에서 받는 차별, 고용시장에서의 임금 차별, 독박 육아, 경력 단절 문제 등을 겪습니다. 온갖 편견을 다루고 있지요. 저도 읽으면서 남성으로, 남편으로, 아빠로, 죄책감이 들기도 했습니다. 『82년생 김지영』은 사회에 커다란 반향을 불러 일으켰습니다. 더군다나 한국 사회 젠더 감수성의 변곡점이라고 할 수 있는 일들이 터지면서 소설은 탄력을 받았죠.

소설에서 주인공은 다른 사람들은 잘 느낄 수 없는 병을 앓고 있습니다. 바로 산후우울증과 육아우울증이지요. '왜 어머니는 힘들다고 말하지 않을까'라며 모성애를 당연시하는 사회에 의문을 던집니다. 지금까지 당연하게 생각한 것에 대해 의문을 제기하는 것이죠.

『82년생 김지영』은 1980년대 생 여성이 일상생활에서 겪는 성차별을 각종 통계와 실제 벌어진 사건을 통해 적나라하게 보여주지요. 소설에는 통계청 자료인 '출산 순위별 출생성비', '인구 동태 건수 및 동태율 추이' 등이 나옵니다. '여자라고 전교 회장 못 하나요', '신입 사원 채용 시 외모, 성차별 여전' 등 많은 신문기사가 인용되기도 하지요.

이 소설은 학교와 직장, 고용시장에서 받는 차별과 불평등으로부터 육아를 둘러싼 문제점 등을 사회구조적 모순과 연결시켜 보여주고 있지요. 아주 평범하지만 어떤 사람에게는 아주 특별할 수 있는 이야기입니다.

에피소드도 사실적으로 묘사되죠. 김지영의 어린 시절, 학창 시절, 회사 생활, 결혼 생활에 이르기까지 여성이라면 누구나 경험하게 되는 이야기들이 주를 이룹니다. 많은 여성들이 '이건 혹시 내 얘기!'라고 하는 것도 당연하죠. 저는 남성이지만 충분히 이해할 수 있을 것 같습니다.

『82년생 김지영』의 장점은 보편적이고 지극히 평범한 주인공을 내세워 여성 문제에 대한 공감을 이끌어냈다는 것입니다. 1982년에 태어난 여성 가운데 가장 많은 이름인 김지영의 삶에서 자신의 경험을 발견하고 공감하는 독자들이 많았다고 할 수 있지요. 그러고 보니 제가 아는 사람 중에도 82년생인지는 모르지만 김지영이라는 분이 있습니다. 갑자기 그분이 잘 지내는지 궁금하네요.

국내에서는 2016년 이후 페미니즘 열풍이 불면서 독서 시장에도 변화가 일었습니다. 10~20대 젊은 여성들이 페미니즘 실천에 앞장서고 있지요. 책이나 강연을 함께 들으며 페미니즘 공부를 하는 것이 하나의 문화현상으로 자리 잡기도 했습니다. 페미니즘은 단순히 여성에게만 국한된 관심은 아니지요. 남성도 페미니즘 입문서로 『82년생 김지영』을 읽고, 토론하는 경우도 있습니다. 심지어 저도 페미니즘 시대를 살아가기 위해 지인 출판인으로부터 페미니즘 기본서를 추천받기도 했습니다.

페미니즘을 알아야겠다는 생각을 했습니다. 그런데 학교에서도,

가정에서도, 직장에서도 그런 것은 가르쳐주지 않더군요. 그렇다면 혼자서 공부하는 방법밖에 없습니다. 어쩌겠습니까. 다른 방법이 없는데요. 『나쁜 페미니스트』, 『남자들은 자꾸 나를 가르치려 든다』, 『성의 변증법』, 『헝거』 등을 추천받았죠. 바빠서 많이 읽지는 못했지만 우선 『남자들은 자꾸 나를 가르치려 든다』를 읽었습니다.

이 책은 남성이 여성에게 거들먹거리거나 잘난 체하는 태도로 설명하는 것을 말하는 '맨스플레인*mansplain*'이라는 신조어를 선보입니다. 저자 레베카 솔닛은 처음 본 남성이 자신이 쓴 책의 서평만 읽고 그 책에 대해 아는 척하며 자신을 가르치려 드는 자신의 체험을 전하고 있지요. 저자는 '남성들 중 일부가 가르치지 말아야 할 것을 가르치려 들고, 들어야 할 말을 듣지 않으려고 한다'고 비판했습니다. 남성 여러분, 잘 들으셨죠. 레베카 솔닛의 말을 명심합시다!

실제로 한 서점이 분석한 데이터에 따르면 『82년생 김지영』의 남성 독자는 23.85%에 그쳤다고 합니다. 반면 20~30대 여성 독자가 56.32%로 가장 많은 독자층을 형성하고 있지요. 『칼의 노래』는 50.97%가 남성 독자였다고 하니 책에 따라 성비가 극명하게 갈리는군요.

여성학자 김고연주는 '우리 모두의 김지영'이라는 해설에서 '다양한 정체성들 중에서도 자기 정체성의 핵심은 '성'이다. 정체성에 주목하면 한국인의 절반은 상당히 유사한 경험을 하고 있다'고 말하고 있습니다. 다양한 정체성 가운데 '성' 정체성의 중요성을 언급하고 있는 것이죠. 실제 그렇습니다. 사랑, 결혼, 출산, 양육, 노령화 등을 포함한 모든 영역에서 성 정체성은 무척 중요한 문제이기 때문이지요. 사회적으로 봐도 경제, 종교, 학교, 직장, 정치 등에서 '성'은 우리들이 인식하지 못하는 가운데 확실하게 작용하고 있습니다.

『82년생 김지영』을 읽고 이런저런 생각을 해봤습니다. 읽을 때는 별다른 느낌이 없었는데 책을 덮고 보니 많은 상념이 찾아왔습니다. 바로 제가 사랑하는 아내와 딸에게 어떤 남편, 어떤 아빠였는지, 또 어떻게 이들과 함께 살아가야 하는지에 대해 자문을 해봅니다. 저의 결론은 '나는 남편과 아빠로 많이 부족하다'는 것이었습니다. 사소한 것을 들어보면요. 식사가 끝나면 설거지를 위해 자연스럽게 앞치마를 두르고, 매주 목요일이면 분리수거를 하지만 아직도 아내가 "화장실 청소해야지!" 하고 말해야 세제를 찾아 나섭니다. 수동적이죠. 집안일을 아내보다 더 열심히 해야겠다는 의지가 부족해 보입니다.

『82년생 김지영』을 계기로 저는 페미니즘을 공부하고 책을 읽는 데서 그치지 않고 가정에서, 직장에서, 여성과 함께 살아가며 실천하는 페미니스트가 되도록 해야겠습니다. 그게 가장 중요한 것 같습니다.

# 자아 탐색을 위해
# 떠나는 양치기

『**연금술사***The Alchemist*』
**파울로 코엘료***Paulo Coelho* **지음**

　　브라질 출신의 파울로 코엘료를 흔히 '언어의 연금술사'라고 부릅니다. 이번 책은 그의 『연금술사』입니다. 언어의 연금술사가 말하는 『연금술사』는 어떤지 보겠습니다.

　　『연금술사』는 전 세계 168개국 80개 언어로 번역되었습니다. 판매량도 1억4,500만 부가 넘는다고 하네요. 2009년 『연금술사』 덕분에 코엘료는 '한 권의 책이 가장 많은 언어로 번역된 작가'로 기네스북에 올랐습니다. 같은 작가로서 부럽지 않을 수가 없네요. 이제 질투심은 그만 접고 『연금술사』 속으로 들어가 보겠습니다.

　　『연금술사』는 양치기 청년 산티아고가 소문으로만 알고 있는 보물을 찾아가는 여정을 담았습니다. 이 과정에서 여러 가지 상징적인 사건들을 겪게 됩니다. 여행은 필연적으로 예측 불가능한 사건을 겪을 수밖에 없지요. 산티아고는 여정에서 만나는 집시 여인, 늙은 왕, 연금술사 등 수많은 사람들과 은유적 대화를 나눕니다. 이런 대화는 자신이 지금까지 살아온 이야기와 매우 흡사하다는 생각을 가질 겁니다. 아마도 그렇게 될 수밖에 없지요. 인생은 큰 틀에서 보면 비슷비슷하지 않겠습니까.

좀 잘 나갔던, 고위직에 있었던 사람과 그냥 지극히 평범한 삶을 살아온 사람도 나중에 보면 대략 엇비슷하지 않습니까. 그렇게 큰 차이가 나지는 않는 것 같습니다.

『연금술사』를 읽는 내내 여러분은 산티아고처럼 보물을 찾고 싶을 것입니다. 산티아고에 감정이입이 될 수밖에 없지요. 산티아고와 함께 책 여행을 하는 동안 '나만의 보물'이 무엇인지 궁금해집니다. 나만의 보물은 나의 정체성이 될 수도 있지요. 만약 '나만의 보물'이 뭔지 모를 경우 그럼 나는 누구인가 하는 생각을 하겠지요. 저도 마찬가지지만 이런저런 생각을 하다보면 책을 읽는 것인지, 제 생각을 하는 것인지 헷갈릴 때가 많습니다. 아마 『연금술사』를 읽는 동안 종종 그랬던 것 같습니다.

『연금술사』에서 산티아고는 도둑을 만나 빈털터리가 되기도 하고, 그릇 장사를 해서 많은 돈을 벌기도 하지요. 호사다마라고 했던가요. 좋은 일이 있으면 시련이 기다리고 있습니다. 사막을 횡단하다가 모래바람을 맞기도 하고, 그러다가 갑작스런 싸움에 휘말리기도 하지요. 모두가 기대하는 사랑 이야기도 나옵니다. 운명의 여인을 만나 사랑에 빠지기도 합니다. 산티아고는 긴 여정의 끝에서 비로소 '자아의 신화'를 찾게 됩니다. 『연금술사』는 우리 모두에게 진정한 '자아 탐색'이란 무엇인가 하는 인생의 근원적인 질문을 던집니다.

책 제목이기도 한 연금술사는 무엇일까요. 그에 앞서 연금술이란 무엇인가요. 철이나 납을 금으로 바꾸는 신비로운 작업이나 그런 사람을 말하는 걸까요. 진정한 연금술은 만물과 통하는 우주의 언어를 꿰뚫어 궁극의 '하나'에 이르는 길이며, 마침내 각자의 참된 운명, 자아의 신화를 사는 것입니다. 여기서 말하는 연금술은 과학적 연금술만 얘기하지는 않겠지요. 그렇다면 과학책을 펼쳐야 할 겁니다.

연금술의 진정한 의미는 우리 자신의 보물을 찾아 전보다 더 나은 삶을 살아갈 준비를 하는 것이라고 생각합니다. 이건 지나친 과장은 아니겠지요. 우리가 지금보다 더 나아지기를 추구할 때, 우리를 둘러싼 모든 것들도 함께 나아진다는 걸 보여줍니다. 코엘료는 산티아고를 통해, 자아의 신화를 찾아가는 고된 여정을 통해 필요한 것을 찾고, 깨닫고, 꿈꾸도록 만들고 있습니다. 삶의 연금술, 영혼의 연금술이라고 할 수 있습니다. 그래서 늙은 왕의 말을 빌려 다음과 같이 말합니다.

"자네가 무언가를 간절히 원할 때, 온 우주는 자네의 소망이 실현되도록 도와준다네." (107쪽)

코엘료는 책의 끝부분 '작가의 말'에서 연금술사는 세 부류가 있다고 설명합니다. 첫째는 연금술의 언어를 아예 이해하지 못한 채 흉내만 내는 사람들이고, 둘째는 이해는 하지만 가슴으로 따라가야 한다는 사실에 좌절해 버리는 사람들입니다. 그리고 셋째는 연금술이란 말을 들어본 적이 없으면서도 자신의 삶 속에서 '철학자의 돌'을 발견해낸 사람들이라고 합니다.

당연하겠지만 셋째 부류의 연금술사를 설명하면서 덧붙인 이야기는 너무 감동적입니다. 혹, 아직 읽지 못한 여러분을 위해 인용할 수도 있지만 직접 찾아 읽어보기를 당부 드립니다. 그냥 말해주는 것보다 훨씬 감동적일 겁니다. 제가 여기서 전해주면 감동이 덜 하겠지요. 직접 찾아보시기 바랍니다. 그래야 오래 기억되지요. (절대 제가 귀찮아서 그러는 것이 아닙니다.)

저나 여러분이나 우리는 또 다른 '산티아고'입니다. 모두들 산티아고처럼 '나만의 보물'을 찾고 싶어 합니다. 보물을 찾고 싶어 많은 삶의 역경을 견뎌내기도 합니다. 견디는 힘은 여기서 나오지요.

산티아고의 여행처럼 누구나 삶은 특별하고 소중합니다. 다른 것으로 대체할 수 없습니다. 대체불가죠. 예전 어떤 책에서 봤지만 사람은 누구나 자기만의 빛나는 보석을 갖고 있습니다. 문제는 그 보석을 자기도, 다른 사람도 발견하지 못한다는 데 있습니다.

책에서 손을 뗄 수가 없었습니다. 산티아고의 행운이나 시련이 다른 사람 이야기로 들리지 않습니다. 바로 내 얘기처럼 애절합니다.

# Chapter
# 2

**본질**(本質)

아무것도
변하지 않는다

언젠가 『청춘의 문장들』을 읽는데 소설가 김연수의 두 개의 불가사의가 나왔습니다. 그의 불가사의는 요리와 대중음악평론을 했다는 겁니다. 방위 시절 대대장 관사당번이 돼 날마다 음식을 만드는 일과 음악잡지 등에 대중음악평론을 쓴 일을 말하죠.

　저에게는 3대 불가사의가 있습니다. 3대 불가사의가 탄생하게 된 배경은 이렇습니다. 신혼 초 어느 날, 아내는 불현듯 '당신에게는 3대 불가사의가 있어'라고 얘기하는 겁니다.

　그래서 제가 '뭐가 3대 불가사의냐?'고 물었습니다. 아내는 차근차근 설명했지요. 첫 번째는 내세울 것 하나 없던 제가 감히 넘볼 수 없는 자신에게 프러포즈한 근거 없는 용기이며, 두 번째는 글을 못쓰면서 글을 쓰는 직업을 갖고 있는 것(저의 첫 직업은 신문기자였습니다), 세 번째는 저의 유전자로 너무 예쁜 딸을 낳은 것이라고 설명했습니다. 저는 고개를 끄덕였습니다. 동의합니다.

　사람들은 흔히 불가사의를 얘기합니다. 하지만 그 사람의 인생에서 몇 개의 불가사의가 있다고 해서 그 사람의 본질이 달라질까요. 만약 변한다면 그것을 과연 본질이라고 할 수 있을까요. 제게 3대 불가사의가 있다거나 소설가 김연수에게 두 가지의 불가사의가 있다고 해서 그 사람의 본질은 변하지 않습니다. 다만 현상적으로 그런 일이 일어나는 것일 뿐이죠.

사전적으로 본질은 '본디부터 가지고 있는 사물 자체의 성질이나 모습'이며 '사물이나 현상을 성립시키는 근본적인 성질'입니다. 근본적인 성질이기 때문에 영원불변하다고 할 수 있지요.

박웅현 작가가 『여덟 단어』에서 본질을 설명하며 예로 든 짧은 카피가 잊히지 않습니다. 다음과 같은 문장이죠. 짧은 만큼 더 강렬하게 남는 광고 문구입니다.

**Everything changes but Nothing changes.**
**모든 것은 변하지만 아무것도 변하지 않는다.**

본질은 근본, 밑바탕, 본바탕, 본체라는 말로도 대체할 수 있지요. 그럼 본질의 반대말을 무엇일까요. 바로 현상, 허상, 겉껍질, 껍데기를 생각하게 됩니다. 제게는 껍데기라는 단어가 생각났습니다. 그 이유는 대학 시절 '껍데기는 가라'는 시가 생각났기 때문입니다. 저는 어느 집회에선가 앞에 나선 선동가가 이 시를 읽는데 가슴 뭉클했습니다. 전 그때까지 이 시를 몰랐습니다. 그리고 이 시가 당시 사회의 본질적 문제를 가장 정확하게 표현했다고 생각했습니다.

'껍데기는 가라'는 1967년 『52인 시집』에 수록된 신동엽의 대표 시입니다. 이 시는 우리 역사 속에서 일어났던 여러 의미 있는 사건들을 바라본 시인이 허위적인 것(껍데기)이나 겉치레는 사라지고, 순수한 마음과 순결함만이 남아 있기를 바라는 간절한 마음을 표현하고 있습니다. 대표적인 참여시, 저항시이지요.

아마 그 시대를 살아온 사람들은 '껍데기는 가라'를 잘 알고 있을 것입니다. 그 일부만 옮겨봅니다.

껍데기는 가라/ 사월四月도 알맹이만 남고/ 껍데기는 가라
동학년東學年 곰나루의, 그 아우성만 살고/ 껍데기는 가라

얼마 전 서점에서 우연히 본 송민화의 『인생, 두 줄이더라』에서 발견한 시가 생각납니다. '자존감이란'이라는 두 줄짜리 시입니다. 어떻게 인생을 두 줄로 표현할 수 있는지 저는 도저히 따라할 수 없어 부럽기만 합니다.

너, 똥색이구나?/ 무슨, 황금색이거든!

여기서 똥색과 황금색은 같은 색입니다. 똥색과 황금색에서 색깔의 본질은 같습니다. 다만 표현 방식이 다를 뿐이죠.

본질은 다른 무엇보다 중요합니다. 모든 것의 핵심이지요. 다른 것

은 바뀌어도 본질은 바뀌지 않기 때문입니다. 삶을 살아가는 데 있어 본질만큼 중요한 것이 또 있을까요? 아마 없겠죠. 본질은 그 무엇도 아닌 본질이니까요.

일을 하는 데 있어서 어려움이 따를 때도 생각해야 할 단어는 본질입니다. 본질에 천착하다보면 자연스럽게 문제를 해결할 수 있습니다. 현상적 사실들이 본질을 가릴 때, 그 본질을 볼 수 있는 안목을 키워야 하는 것입니다. 요즘처럼 현상만 난무하는 시대에 본질은 더욱 중요한 것 같습니다.

# 『1984』로 들여다본
# 우리 사회는?

『1984』
조지 오웰*George Orwell* 지음

혹시 『고전문학 읽은 척 매뉴얼』이라는 책을 들어본 적이 있는지요. 이 책은 대부분 독자들이 제목은 들어봤는데, 실제 읽어보지 않아 그 본질은 모르는 고전을 정리한 책입니다. 이 책에도 물론 우리가 같이 읽어보려 하는 『1984』가 나옵니다.

저는 이 책을 보고 '정말 제목을 잘 지었구나' 하는 생각을 했습니다. 물론 저는 『1984』를 포함해 이 책에 나오는 13권의 고전문학 작품을 모두 읽었지만 저자가 어떤 시각으로 이 고전을 봤을까 하는 궁금증을 갖고 책을 읽었습니다.

자! 지금부터 조지 오웰의 『1984』를 같이 살펴보겠습니다. 1984라는 숫자는 초고가 쓰인 1948년의 '48'을 '84'로 순서를 바꾼 것이죠. 다른 깊은 뜻이 있는 것은 아닙니다. 하지만 그 뒤 『1984』는 심오한 의미로 남게 됐지요.

『1984』는 빅 브라더가 지배하는 오세아니아 런던에 거주하는 당원 윈스턴 스미스의 이야기입니다. 윈스턴은 국가의 보도, 연예, 예술 등을 관장하는 진리부에 속해 있지요. 그의 주된 일은 과거의 역사를 오로지 당을 위한 것으로 바꾸는 일입니다. 하지만 역설적으로 윈스턴도 끊임없이 감시당하고 있습니다. 일기를 쓰거나, 매춘부를 통해 성적 쾌락을 추구하거나, 줄리아라는 여인을 만나 나눴던 사랑 등 그가 은밀히 벌인 일탈은 모두 감시되고 있지요.

결국 오브라이언이라는 핵심 당원은 자신들의 통제에서 벗어나려는 윈스턴을 교묘한 방식으로 유도한 후 체포해 참기 힘든 고통을 가합니다. 오브라이언은 지독한 고문을 통해 윈스턴을 인간 개조한 후 총살하죠. 윈스턴이라는 존재는 영원히 사라지게 됩니다.

이게 줄거리예요. 『1984』에서 조지 오웰은 감시 사회로서의 현대 사회의 그늘을 묘사했지요. 소설에 나오는 가상의 나라 오세아니아는 텔레스크린, 사상경찰, 마이크로폰, 헬리콥터 등을 이용해 개인의 생활을 철저하게 감시하고 통제합니다. 어떻게 1948년에 요즘 현실을 정확하게 내다볼 수 있었는지 그 통찰력에 놀라울 뿐이죠.

한번 생각해 보세요. 텔레비전이 보급되기도 전인 1948년에 조지 오웰은 모든 가정의 거실마다 놓여 있는 텔레스크린을 개념화했습니다. 소설에서는 '텔레스크린은 방 전체를 조명할 수 있도록 벽 한쪽 끝에 설치하는 것'이라고 설명하고 있습니다. 놀랍죠. 요즘 감시카메라와 똑같습니다.

이 텔레스크린은 모든 가정의 대화를 엿듣고 있을 뿐만 아니라 불온한 시민들의 빨라지는 심박 수까지 체크하고 있습니다. 거의 인공지능AI 수준이네요. 일거수일투족을 모두 감시하고 있다고 할 수 있습니다.

이 같은 감시 사회에서 윈스턴은 자기 자신의 행동, 의식, 감정을 통제하는 빅 브라더 국가에 저항하며 잃어버린 자유와 개성을 되찾는 꿈을 꾸게 됩니다. 윈스턴은 인간의 본질, 본성을 추구하게 되는 것이지요. 『1984』에는 윈스턴의 이런 몸부림이 잘 그려졌습니다.

『1984』를 읽다보면, 조지 오웰의 통찰력에 입이 다물어지지 않습니다. 우리나라의 경우를 한번 살펴보겠습니다. 모든 사람들이 부지불식간에 어떤 식으로 감시되고 통제되는지 보겠습니다.

2019년 행정안전 통계연보에 따르면 전국에 설치된 공공기관 CCTV는 103만2,879대라고 합니다. 여기에 민간에서 설치한 CCTV까지 합하면 이미 1,000만대를 넘을 것으로 추정하고 있지요. 그러나 여기에 포함되지 않은 것이 있습니다. 바로 '움직이는 CCTV'라고 불리는 차량 블랙박스입니다. 블랙박스까지 포함하면 모든 사람의 행동을 관찰할 수 있습니다. 정리하면 모든 사람은 9초에 한 번 CCTV 화면에 포착된다고 합니다. 엄청나죠!

조지 오웰은 『1984』에서 텔레스크린, 사상경찰, 마이크로폰, 헬리

콥터를 사용해 당원을 감시했습니다. 하지만 요즘은 CCTV는 물론 신용카드, e메일, 휴대전화, SNS 등을 통해 자신도 모르게 체크되고 있지요. 어디서 무엇을 하는지 다 안다는 얘깁니다.

정보 사회를 사는 현대인들은 인간의 자유를 확장시키고 있는 것인지, 아니면 자유를 구속시키는 것인지 혼란스럽기만 합니다. 하지만 분명한 것은 시민 다수의 사생활을 국가가 마음만 먹으면 언제든지 추적하고, 감시하며, 통제할 수 있다는 사실입니다.

〈나는 네가 지난 여름에 한 일을 알고 있다〉는 영화가 괜히 나온 게 아닙니다. 제목만 들어도 끔찍합니다. 우리는 완전 노출 상태입니다. 꼼짝없이 체크되는 게 우리의 현실이죠. 도망갈 곳이 없습니다. 그래서 〈나는 자연인이다〉가 인기 있는 걸까요. 분명한 사실은 모든 사람이 '9초마다 한 번씩 찍힌다'는 것입니다. 개인의 의지와 상관없이 말입니다. 21세기, 고도의 정보화 사회를 살고 있는 현대인에게 던지는 조지 오웰의 경고는 강력합니다.

서두에서 저는 『고전문학 읽은 척 매뉴얼』이라는 책을 얘기했는데요. 여기에 나오는 책은 너무나 유명해서 거의 모든 사람들이 제목은 다 알고 있을 겁니다. 하지만 13권의 책은 바쁜 현대인들에게는 잘 읽히지 않는 책도 있고, 얘기를 많이 들어 꼼꼼히 읽지 않는 것 같습니다. 하지만 고전은 고전이죠. 잘 음미하다 보면 현재 나의 삶과 내가 속한 사회에 대해 깊이 생각할 수 있는 단초를 제공해 줍니다.

# 삶의 본질에 대한
# 철학으로의 초대

## 『차라투스트라는 이렇게 말했다*Also sprach Zarathustra*』
### 프리드리히 니체*Friedrich Nietzsche* 지음

"중2 아들이 니체의 책을 사달라고 하는데 어쩌죠?"

한 지인이 저에게 물었습니다. 책은 어렵기로 유명한 『차라투스트라는 이렇게 말했다』라고 덧붙였습니다.

"당장 사주세요!"

저는 바로 대답했습니다. 그가 되물었습니다.

"책이 어렵다는데 읽을까요?"

"언젠가는 읽겠죠!"

프리드리히 니체의 『차라투스트라는 이렇게 말했다』는 어렵기로 유명합니다. 누군가는 철학책이라 부르기도 하죠. 하지만 옴니버스

형식으로 이야기가 전개되고, 인물, 사물, 시간, 공간 등에 대한 상징이 담겨 있어 소설로 분류되기도 합니다. 저는 후자라고 생각합니다.

이 책에는 '모든 이를 위한, 그러나 그 누구의 것도 아닌 책'이라는 부제가 붙어 있습니다. 이 말은 무슨 의미일까요. 아마도 니체 자신의 정신적 고독의 표현이며, 『차라투스트라는 이렇게 말했다』는 결코 쉽게 이해할 수 있는 내용이 아님을 간접적으로 드러내고 있습니다. 현대 분석심리학의 창시자인 칼 구스타프 융*Carl Gustav Jung*이 다른 정신분석가들과 함께 6년 동안 세미나를 하면서 이 책을 꼼꼼히 읽었다는 얘기도 전해지고 있지요.

융조차도 어려워했다는 이 책은 당연히 일반인에게는 난공불락입니다. 니체의 사상이나 서양철학사에 대한 기본 지식이 부족한 사람일 경우 도중에 책장을 덮고 싶은 좌절감을 느끼는 것은 당연할지도 모르겠습니다. 무엇을 말하려고 하는지 갈피를 잡기 어려울 때가 많습니다.

지금부터 모든 책이 그렇지만 '그 누구의 것도 아닌' 『차라투스트라는 이렇게 말했다』를 살펴보겠습니다. 조금 어려울지라도 한번 끝까지 읽어주십시오.

주인공 차라투스트라는 30세에 고향을 떠나 산으로 들어간 후 10년 동안 공부합니다. 그가 산에서 내려와 마을에 들어서며 주민들과 벌이는 갈등으로 이야기는 시작되죠. 책은 머리말부터 4부까지 모두 90개의 이야기들로 구성되어 있지만, 그 내용이 연속적이거나 체계적이지 않습니다. 아마 책이 어렵다고 하는 것은 이런 이유 때문일 겁니다.

『차라투스트라는 이렇게 말했다』를 제대로 이해하려면 먼저 초인超人 개념을 알아야 합니다. 초인은 니체 철학의 핵심이죠. 그는 머리말에서 '인간은 동물과 초인 사이에 놓인 밧줄'이라고 말합니다. 이 말은 인간은 그 자체로는 불완전하기 때문에 자신을 극복하여 초인이 되거나, 그렇지 않으면 동물로 남게 된다는 것을 의미합니다. 초인 아니면 동물이죠. 물론 이 책에 나오는 차라투스트라는 당연히 초인이지요.

이 책은 여러 등장인물과 시간과 공간의 상징이 담겨 있어 다양한 해석이 가능합니다. 그래서 더 어려울 수도 있지요. 뭔가 선명해지는 대신 점점 미궁 속으로 빠져들고 있다는 생각이 들기도 합니다.

니체는『차라투스트라는 이렇게 말했다』에서 인간 정신의 발달 과정을 낙타, 사자, 어린아이 등 세 단계로 구분합니다. 어떻게 다른지 궁금하시죠. 각각의 단계에 대해 설명해 보겠습니다.

먼저 낙타입니다. 낙타는 타인이 요구하는 대로 아무런 비판의식이나 성찰 없이 살아가는 상태를 의미하죠. 낙타처럼 무거운 짐을 지고 살아가는 당위적 세계의 구속에서 벗어난 인간은 사자처럼 자신의 의지대로 삶을 독립적으로 살아갑니다. 사자의 삶입니다. 낙타보다는 한결 낫지요. 어린아이는 순진무구하게 유희할 수 있는 존재이죠. 이는 삶의 긍정과 부정, 선과 악, 미와 추를 넘어서는 있는 그대로의 세계를 받아들이는 것입니다.

결론은 이렇습니다. 강물의 더러움을 받아들이면서도 스스로 더러 워지지 않는 바다와 같이 인간 세계에 살면서도 스스로 더러워지지 않는 영적이고 지혜로운 사람이 되어야 한다는 것이죠.

니체는 '돌 속에 잠자고 있는 형상을 망치로 깨어내 자신을 완성할 것'을 독자에게 요구합니다. 우리들의 삶, 자체가 하나의 예술 작품이라는 것이죠. 그렇기 때문에 이 책은 삶이라는 본질에 대한 철학적 탐구이자, 철학으로의 초대라고 할 수 있습니다.

하나 더 추가하죠. 바로 자신을 넘어 웃는 법을 익히라는 겁니다. 자신을 극복하고 세계에 대해 디오니소스적인 긍정을 말할 수 있는 자는 정신의 춤을 추며 건강한 웃음을 짓게 된다는 것입니다. 열등감, 상처, 아픈 기억을 치유할 수 있는 토대가 된다는 것이죠.

『차라투스트라는 이렇게 말했다』는 20세기를 연 책입니다. 그가 살았던 19세기에 신을 부정한다는 것은 거의 자살 행위지요. 그는 많은 사람들이 알고 있듯 '신은 죽었다'며 신을 부정한 것으로도 유명합니다.

프리드리히 니체의 『차라투스트라는 이렇게 말했다』는 어렵습니다. 중간에 읽기를 포기하는 사람들이 많지요. 그래서 완독한 사람은 많지 않은 것 같습니다. 솔직히 저도 두 번 만에 일독했습니다. 하지만 한번 완독하면 약간 우쭐한 기분이 들기도 합니다. 지적 허영심이 발동하죠.

최재천 교수는 '독서는 빡세게 하는 겁니다'라는 특강에서 "독서 계획을 세우고, 지식을 습득하기 위해 엄청난 노력을 해야 한다"고 강조했습니다. 그는 처음에는 무슨 말인지 모르는 책도 자꾸 접하다보면 거짓말처럼 술술 읽히게 된다고 얘기합니다.

한 가지 더 얘기하자면, 지금 당장 읽지 않더라도 책을 사서 꽂아두면 언젠가는 읽게 됩니다. 적어도 집안의 누군가는 심심할 때 펼쳐보게 되지요. 쉬운 독서만 해서는 아무것도 달라지지 않습니다. 제자리뛰기에 불과하죠.

요즘은 유튜브 시대입니다. 프리드리히 니체의 『차라투스트라는 이렇게 말했다』를 읽고 싶은데 어렵다면 니체 철학의 권위자인 백승영 교수의 강의를 찾아봐도 좋습니다. 아니면 철학자 이진우 교수의 『인생에 한번은 차라투스트라』라는 책을 살펴보는 것은 어떨지요. 장애물이 있을 때는 살짝 돌아가는 것도 좋은 방법이죠.

# 복잡하지만
# 본질에 대한 얘기

『**해변의 카프카** 海辺のカフカ』
**무라카미 하루키** 村上春樹 **지음**

———————————————————————————————●

　　오래전 일입니다. 서울 지하철 2호선에서 어느 여성이 책을 읽고 있었습니다. 당시에는 벌써 휴대폰이 보편화되어 지하철에서 책을 읽는 모습은 매우 드물었습니다. 제가 관찰한 바에 따르면, 지하철 한 칸에 잘해야 두세 명이 책을 읽는 정도였습니다. 저와 또 다른 한 명, 아니면 저와 또 다른 두 명이죠.

　　그 사람이 어떤 책을 읽는지 궁금했습니다. 왜 그렇지 않습니까. 책 좀 읽는 사람은 다른 사람이 책을 읽고 있으면 무슨 책을 읽고 있는지 알고 싶어 하죠. 물론 이유를 정확히 설명할 수는 없겠지요. 뭐, 호기심 반, 질투심 반 등 그런 거겠지요. 저는 오랫동안 염탐한 끝에 책 제목을 알아냈습니다. 바로 『해변의 카프카』였습니다. 파란색 계통의 디자인이었는데 하권이었습니다. 저는 안 읽은 책이었습니다.

나중에 『해변의 카프카』를 찾아봤습니다. 무라카미 하루키의 책이었습니다. 언제인지 정확히는 모르지만 그 후 『해변의 카프카』를 읽었습니다. 그분이 읽은 책은 과연 어떨까 하고 말입니다.

무라카미 하루키의 『해변의 카프카』를 이야기해 보겠습니다. 『해변의 카프카』는 하루키도 말했듯이 열다섯 살 소년의 눈을 통해 근사하고 터프한 세계의 있는 그대로의 모습을 그리고 있습니다. 저는 여기서 '있는 그대로의 모습'을 본질이라고 말하고 싶습니다.

이야기는 하루키의 소설답게 아주 재미있게 구성돼 있습니다. 물론 사람에 따라서는, 즉 하루키를 싫어하는 독자는 '그게 그거'라고 말하면서 비판할지도 모릅니다. 저는 재미있게 읽었습니다. 하루키에 대한 이런저런 얘기에 귀 기울지 않는 편이죠.

『해변의 카프카』의 홀수 장은 열다섯 살 생일날에 가출했다가 결국 다시 돌아오는 다무라 카프카의 이야기, 짝수 장은 2차 세계대전 말인 1944년 11월 7일에 야외 실습을 나갔다가 불가사의한 사고로 의식을 잃은 후 약간 모자란 '포레스트 검프'처럼 평생을 살아온 노인 나카타의 이야기로 구성되어 있습니다. 이런 형태는 하루키 소설의 특징이기도 하죠.

이야기는 가출을 부추기는 까마귀 소년과 주인공 다무라 카프카의 대화로 시작됩니다. 까마귀는 카프카에게 '넌 지금부터 이 세상에서 가장 터프한 열다섯 살 소년이 되어야 해'라고 꼬드깁니다. 여기에서 다무라 카프카가 까마귀 소년입니다. 카프카는 까마귀를 의미하죠. 그러고 보니 체코의 작가 프란츠 카프카가 떠오르네요.

저는 '터프한'이라는 단어가 마음에 듭니다. 이유는 무엇일까요. 이 말이 마음에 착 달라붙는 이유는 무얼까요. 아마도 '터프한'이라는 말에는 본질적 요소가 숨어 있기 때문 아닐까요. 까마귀가 카프카의 마음에 '남색 글자로 한 땀 한 땀 문신을 새겨 넣듯이' 말입니다.

결국 세계에서 가장 터프한 열다섯 살 소년이 되겠다고 마음먹고 열다섯 번째 생일날 떠납니다. 전격 가출! 버스를 타고 남쪽의 섬 시코쿠의 다카마쓰로 갑니다. 그리고 다카마쓰의 도서관에서 하루 종일 책을 읽거나 체육관에서 몸을 단련합니다. 가장 터프한 열다섯 살이 되기 위해서 말입니다.

이야기가 약간 비현실적이라는 생각이 드시죠. 물론 이것은 앞에서도 이야기했지만 하루키 소설의 특징이기도 합니다. 그래서 가끔은 붕 떠 있는 느낌이 들 때도 있습니다. 하루키는 철저하게 몸 관리를 하는 것으로 유명하죠. 『직업으로서의 소설가』에서 나오듯 마라톤은 물론, 철인3종 경기 등을 통해 운동 마니아로 살고 있습니다. 읽히는 작품을 쓰려면 이런 정도의 관리는 필수라고 봐야 할 것 같습니다.

카프카가 가출하게 된 이유는 아버지의 저주를 피하기 위해서입니다. 아버지는 소년에게 '너는 언젠가 그 손으로 아버지를 죽이고, 언젠가 어머니와 관계를 맺게 될 것이다'고 예언합니다. 오이디푸스 왕의 저주를 내린 것이죠. 소년은 아버지의 저주를 피해 집을 떠나 가출을 단행하지만 결국 스스로 찾아서 예언을 실천하는 결과를 낳고 맙니다. 하루키 소설을 읽다보면 자주 접하게 되는 아이러니죠. 그래서 자꾸 헷갈리는 것인지도 모릅니다.

결국 다무라 카프카는 상처를 치유할 수 있을까요. 그는 '공허한 인간'에서 '터프한 인간'으로 변신할 수 있을까요?『해변의 카프카』에서 다무라 카프카는 그가 어머니로 설정한 사에키를 용서한다고 말하면서 치유가 가능한 것으로 그려집니다.

사에키는 스무 살에 연인을 잃은 상처와 죄책감을 평생 떠안고 살아온 여성입니다. 버림받았다는 사실은 명백하지만 용서한다고 말함으로써 자존감을 회복할 수 있게 됩니다. 즉, 용서의 주체가 됨으로써 다무라 카프카는 공허한 인간을 탈피하게 됩니다. 그리고 새로운 세계의 일부가 되어 가는 것이죠.『해변의 카프카』의 앞부분에서 까마귀는 '엄청나게 지독한 모래폭풍'이라고 말합니다. 이 모래폭풍은 운명이라고도 할 수 있을 것 같습니다.

저는『해변의 카프카』를 읽고 이런 생각을 해봤습니다. '열다섯 살때 가출을 해봤어야 하는데…'라는 생각 말입니다. 만약 그때 가출을 했더라면 다무라 카프카처럼 '터프한' 삶과 인생을 살았을 것 같다는 후회가 듭니다. 제 착각인지 모르지만 너무 착하게만 살아온 것 같습니다.

그래서 그런지 조그만 인생 폭풍에도 쉽게 좌절하는지도 모릅니다. 다른 사람들의 시선도 너무 신경 쓰며 살았던 것 같습니다. 우리는 『해변의 카프카』에서 한 소녀가 '너는 너일 뿐, 다른 누구도 아닌 걸'이라고 말하듯 '나는 나일 뿐, 다른 누구도 아닌 걸'이라며 살아야 한다고 생각합니다. 모든 사람은 본질적으로 자신 자신일 뿐이죠.

　『해변의 카프카』는 내 자신, 내 삶에 대해 본질적으로 다시 생각하게 하는 계기가 되었습니다. 가끔은 그런 시간이 필요하지요. 무라카미 하루키를 두고 이런저런 말을 많이 하지만 저는 이런 측면에서 긍정적 요소를 말하고 싶습니다. 소설은 받아들이는 사람에 따라 다른 거죠. 다양성을 인정했으면 좋겠습니다.

# '희생양' 삼아 행복을 추구하는 사람들

**『바람의 열두 방향**The Wind's Twelve Quarters**』**
**어슐러 K. 르 귄**Ursula K. Le Guin **지음**

　이번 작품은 어슐러 K. 르 귄의 단편집 『바람의 열두 방향』에 나오는 〈오멜라스를 떠나는 사람들〉입니다. '오멜라스'라는 단어는 도로 표지판에서 빌려온 단어로, 살렘 오건Salem Oregon에서 영어 스펠링 'O'로부터 거꾸로 읽은 것이라고 합니다.

　〈오멜라스를 떠나는 사람들〉의 줄거리는 간단합니다. 이건 단편소설입니다. 그리고 마치 한겨울처럼 스산하기도 하지요. 소설 속의 오멜라스는 모두가 행복한 유토피아입니다. 하지만 그렇게 단순하지는 않지요. 오멜라스에는 이 도시 사람들이 애써 외면하는 '은밀한 비밀'이 하나 있습니다. 바로 한 아이가 창문도 없는 지하실 방에서 짐승처럼 살아가고, 이 아이의 불행이 오멜라스 사람들의 행복을 담보하는 조건이 됩니다.

아이는 끝없는 굶주림과 질병, 두려움에 시달리고 있습니다. 무슨 이유에선지는 알 수 없지만, 그 아이가 괴로움을 당해야 오멜라스 사람들의 행복과 자유가 주어집니다. 아이는 희생양이죠. 다른 사람들은 아이를 희생양 삼아 행복한 삶을 사는 것입니다.

오멜라스의 모든 아이들은 철이 들 무렵, 그 사실을 알게 됩니다. 하지만 아이에게 해줄 수 있는 것이 아무것도 없지요. 시간이 지나면서 사람들은 결국 체념하게 됩니다. 우리들 삶의 모습과 비슷하죠.

〈오멜라스를 떠나는 사람들〉은 우리가 잘살게 된 급성장의 이면에 있는 본질적 현실에 대해 직시할 것을 말합니다. 어떤 부류가 경제적 이득을 창출할 수 있었던 데는 다른 부류의 희생이 따랐기 때문이죠. 하지만 우리는 소외된 사람들의 목소리를 잊고 살고 있습니다. 다만 바쁘다는 핑계 때문이지요.

르 귄의 〈오멜라스를 떠나는 사람들〉은 다른 작품들처럼 짧지만 강렬합니다. 독자들로 하여금 그동안 애써 외면했던 '양심의 딜레마'에 빠지게 만들죠. 그러면서 자연스럽게 몇 년 전 우리나라에서 선풍적인 인기를 끌었던 마이클 샌델의 『정의란 무엇인가』라는 책이 생각났습니다. 이 책에서는 브레이크가 고장 난 채 달리는 기차 이야기가 나오지요. 기차의 차장은 핸들만을 돌릴 수 있는 상태에서 선택을 해야 합니다.

핸들을 돌리지 않고 직진하여 다섯 명을 죽이느냐, 아니면 핸들을 꺾어 단 한 명을 죽이느냐는 갈등을 하게 되죠. 학창시절 배웠던 공리주의라는 철학 개념이 생각납니다. 공리주의는 공리성을 가치 판단의 기준으로 삼는 '최대 다수의 최대 행복'을 추구하지요.

저는 잘 몰랐지만 르 귄은 유명한 작가더군요. 그녀는 C.S. 루이스의 『나니아 연대기』, J.R.R. 톨킨의 『반지의 제왕』과 함께 세계 3대 판타지 소설로 꼽히는 『어스시의 마법사』를 쓴 작가입니다. 아마도 판타지 소설이라서 몰랐던 모양입니다. 제가 이런 장르의 책을 많이 읽지 못했거든요. 그녀는 지난 2018년 초 세상을 떠났습니다.

어쨌든 이번 단편소설 〈오멜라스를 떠나는 사람들〉을 통해 르 귄을 알게 됐습니다. 그의 판타지 소설도 알게 되었지요. 나중에 기회가 되면 판타지 소설도 좀 읽어봐야겠습니다. 독서의 편식을 줄여야겠습니다. 그런데 걱정입니다. 읽어야 할 것들은 많고, 읽을 시간은 없고요.

이번에는 단편소설을 다뤄 이 글도 짧게 마무리하려 합니다. 짧지만 저는 '한 사람, 특히 아이의 희생으로 실현되는 행복이 과연 진정한 행복이라고 할 수 있는가'라는 의문을 갖게 됩니다. 다른 사람을 희생양 삼아 행복을 추구하는 것은 해서는 안 되는 행동입니다.

# 지옥을 통한
# 인간 본성에 대한 성찰

『신곡*La comedia di Dante Alighieri*』
단테 알리기에리*Dante Alighieri* 지음

마크 트웨인은 고전을 이렇게 얘기했습니다. '누구나 읽어야만 하는 책이라고 하면서도 아무도 읽지 않는 책'이라고 말이죠. 제가 생각하기에 여기에 딱 들어맞는 책이 있습니다. 바로 단테의 『신곡』입니다. 원제는 '단테 알리기에리의 코메디아'입니다.

『신곡』은 이탈리아 작가 단테 알리기에리가 1307년부터 집필하기 시작하여 세상을 떠나기 직전인 1321년에 완성된 것으로 추정됩니다. 단순 계산해도 무려 15년 정도에 걸쳐 쓴 서사시죠.

이 작품은 〈지옥편〉, 〈연옥편〉, 〈천국편〉으로 구성되어 있습니다. 〈지옥편〉은 비참한 인상을 주고 있지만, 이에 반해 〈연옥편〉, 〈천국편〉은 쾌적하고 즐거운 내용을 다루고 있습니다.

『신곡』은 1만4,233행에 달하는 장대한 서사시입니다. 하지만 '아무도 읽지 않는 책'은 아닙니다. 저와 같은 사람들은 아무도 읽지 않는 책을 읽습니다. 그런 사람은 항상 있게 마련입니다. 다른 사람들이 잘 읽지 않는 책을 읽고, 마치 대단한 일이라도 한 것처럼 떠들어대죠. 지인이라도 만나면 "최근에 『신곡』을 읽어봤어요. 너무 좋더라고요"라면서 자랑을 늘어놓습니다. 그런 재미로 세상을 사는 사람도 있습니다.

제가 갖고 있는 『신곡』에는 시인이자 천재 화가였던 윌리엄 블레이크의 삽화가 수록되어 있어서 글 읽는 재미가 쏠쏠합니다. 블레이크의 삽화는 상징의 세계를 도상의 세계로 재현해 놓았습니다.

『신곡』은 '3'이라는 숫자를 반복합니다. 모든 서술은 한 연이 3행짜리 시구로 이어지고 있지요. 지옥편, 연옥편, 천국편 각각 33곡에 서문 1곡을 더해 모두 100곡으로 이뤄져 있습니다. 놀라운 것은 1행이 모두 11개의 음절로 이뤄졌다는 것이죠. 우리들이 학창 시절에 배운 전형적인 정형시입니다.

『신곡』을 제대로 읽기 위해 이탈리아어를 따로 배웠던 많은 시인들은 바로 오묘하게 짜인 리듬과 강세에 전율했다는 얘기도 전해지고 있습니다.

『신곡』은 스승 베르길리우스를 길잡이 삼아 지옥에서 출발해 연옥을 거쳐 천국에 이르는 사후 세계의 여행담을 풍부한 상상력으로 묘사하고 있습니다. 20여 년에 걸친 망명 생활을 하면서 사회에 대한 분노와 불만을 풍자했다고 보면 좋을 것 같습니다.

14세기 당시 이탈리아 피렌체는 중세의 끝 무렵에 다다라 종교적으로 부패하고 타락했으며, 정치적으로는 파벌싸움이 극에 달했습니다. 단테는 35세의 젊은 나이에 피렌체의 최고 지도자에 오르지만, 정적들에 의해 축출당해 망명자의 삶을 살 수밖에 없었습니다.

서론이 길었습니다. 전 항상 서론이 길어요. (단점인데 잘 고쳐지지 않아요.) 이제 『신곡』얘기를 본격적으로 해보죠. 이 서사시는 단테가 어느 날 잠에서 깨어나는 장면으로 시작합니다. 그는 어두운 숲에서 길을 잃고 서성거립니다. 그러다 주변의 울창한 나무와 숲에 압도당하지요. 단테는 숲을 빠져나가려고 하지만 길을 찾지 못합니다.

그러던 어느 순간 저 멀리 언덕에서 어슴푸레 한 줄기 빛이 보입니다. 그는 길 없는 곳에 길을 만들면서 그 빛을 향해 나갑니다. 그런데 갑자기 짐승 세 마리가 길을 가로막습니다. 바로 그 순간에 누군가가 그를 부르는데 그는 다름 아닌 그가 존경하는 로마 시인 베르길리우스죠. 두 사람은 지옥과 연옥을 거쳐 천국으로 오르는 대장정을 시작합니다.

단테의 『신곡』에는 저승 여행을 통해 자신의 내면을 성찰하는 문학적 허구지만 종교와 신화, 정치, 도덕, 이념, 예술, 역사 등 다양한 형태의 이야기가 복잡다단하게 담겨 있습니다. 단테가 그렇듯 우리들은 모두 이야기를 하며 살아갑니다. 인간은 이야기를 하는 존재, 스토리텔링을 좋아하는 존재이기 때문이죠. 이야기를 믿고 스토리텔링을 하면서 세상을 바라다봅니다. 제가 지금 책을 읽고, 글을 쓰는 것도 모두 인류의 스토리텔링에 대한 욕망 때문이죠.

오죽하면 『스토리텔링 애니멀』이라는 책이 나왔겠습니까. 저는 몇 년 전 서점에서 이 책을 발견하고 즉시 구입해서 읽었습니다. 너무 재미있었죠. 이 책은 소설, 영화, 드라마뿐 아니라 광고, 게임, 교육에서도 위력을 떨치고 있는 스토리텔링이 인간을 어떻게 빚어내는지, 우리는 스토리텔링의 힘을 어떻게 써야 하는지를 흥미진진하게 들려주고 있습니다.

그렇습니다. 바로 그거죠. 삶은 이야기의 재료가 되고, 이야기는 삶에 길을 제시해 주기도 합니다. 어떤 사람은 이야기를 하고, 다른 사람은 이야기를 듣습니다. 사람들은 누구나 자기 이야기 속에 자신의 정체성과 본성을 투영하며 살아가는 것이죠.

저는 앞에서 마크 트웨인의 말을 인용해 '고전은 아무도 읽지 않는 책'이라고 다소 과장되게 얘기했습니다. 하지만 사실 변화무쌍한 현실 속에서 어쩌면 현재와 크게 관련이 없어 보이는 고전을 읽는다는 것은 쉬운 일이 아닙니다. 솔직히 말해서 저도 『신곡』을 읽기가 힘들었습니다. 그렇게 재미있지도 않은데 세 권이라 지루하기도 했습니다. 하지만 '지루한 읽기'를 극복하면 '재미있는 읽기'가 나온다는 사실을 배우기도 했지요. 때론 윌리엄 블레이크의 삽화에 의지하며, 운율에 상체를 흔들어 가며, 책을 읽은 후 지적 허영을 자랑할 것을 생각하며 읽어 나갔습니다. 그리고 힘들게 마무리를 했지요.

한 가지 팁을 얘기하자면, 책이 읽기 어려울 경우 다른 전문가들의 『신곡』에 대한 리뷰 등을 먼저 읽을 것을 권합니다. 한 방송사의 특별 기획 프로그램 중에 '단테의 신곡 읽기'가 있으며, 매우 쉽게 『신곡』을 설명해 주는 자료 등은 아주 많습니다.

독서는, 특히 고전 독서는 고도의 집중력을 요구하는 일입니다. 따라서 고전을 읽는다는 것은 힘들고 어려운 일입니다. 이런 난관에 부딪쳤을 때 우회할 것을 권합니다. 때로는 정면 돌파만이 능사는 아니죠. 다른 자료들을 보면서 이해를 넓히고 심기일전한 후 다시 읽는 것도 좋은 방법입니다. 그렇기 때문에 고전 읽기는 고전苦戰입니다.

# Chapter

# 3

**모험(冒險)**

탐험가 없는
안전한(?) 나라

언젠가 최진석 교수가 했던 말이 생각납니다. 그는 '서양에는 직업 탐험가가 존재했지만 동양의 전통에는 탐험을 직업으로 삼지 않았다'고 말했습니다. 역사상 서양에는 탐험가가 있었다는 얘기죠. 최 교수는 탐험이 인간 활동의 뚜렷한 한 유형으로 존재하는 곳이 있었던 데 반해 그렇지 않은 곳도 있었다고 얘기하고 있습니다. 이로 인한 결과는 어떨까요. 더 이상 말하지 않아도 알 것 같습니다. 한쪽은 지배하고 다른 한쪽은 지배당했지요. 지배와 피지배, 종속과 비종속의 관계가 구축됐습니다. 후에는 선진국과 후진국으로 나뉘어졌지요.

최 교수는 탐험을 얘기했지만 우리가 이번 장에서 논하려고 하는 것은 모험입니다. 모험과 탐험은 어떻게 다를까요. 모험은 어떤 목적 달성을 위해 위험을 무릅쓰고 어떤 행위를 하는 것이죠. 이에 반해 탐험은 위험한 곳을 찾아가는 매우 무모한 행동이고, 도전적 행위를 말합니다. 모험보다 한 단계 더 나아간 행태가 탐험이라고 생각됩니다.

모험은 익숙한 것과 결별해야 가능합니다. 고故 구본형 작가가 말한 것처럼 『익숙한 것과의 결별』을 필요로 하죠. 불안을 극복하고 새로운 영역을 개척해야 가능합니다. 지금까지와는 다른 새로운 신념 체계가 요구되기도 합니다. 익숙한 것과 결별해야 합니다. 그래야 창의적 아이디어가 생깁니다.

이런 모험과 탐험은 청소년기 등 젊은 시절에 갖춰야 할 덕목입니다. 하지만 우리의 청소년 시절은 어떤가요. 익숙하고 안전한 것에만 안주하지 않았던가요. 청소년 시절을 돌이켜 보면, 저는『허클베리 핀의 모험』,『해저 2만리』,『80일간의 세계일주』,『은하수를 여행하는 히치하이커를 위한 안내서』,『파랑새』 등을 읽으며 모험과 탐험을 하지 못했습니다.

사회에서도 모험과 탐험은 꺼리지요. 모험을 감행하려고 하면 사회 구성원들이 적극적으로 말립니다. 권장하는 분위기가 아닙니다. 새로운 것을 시도하지 않습니다. 말로만 권장하기 때문에 눈치껏 잘 살펴야 합니다. 이런 사회 분위기에서 어떻게 모험 정신과 탐험 정신이 나오겠습니까. 그건 희망사항일 뿐입니다.

그래서 어떤 사람은 다소 살벌한 말을 하기도 합니다. 비약이 있더라도 이해해 주십시오. 이런 기질 때문에 동양에서는 부친 살해와 같은 일이 일어나지 않는다고 말이죠. 부친 살해는 삼강오륜三綱五倫에 정면으로 위배되는 것입니다. 효孝를 기반으로 한 의식 체계에서는 꿈에서조차 일어날 수 없는 배반의 행위이기 때문이죠.

독일에서 공부한 '나름 화가' 김정운 작가의 말을 빌려보겠습니다. 그에 따르면 몇 년 전 독일에서 화제가 된 책『1913년 세기의 여름』의 저자 플로리안 일리스는 1913년을 아예 '살부殺父의 해'로 규정했다고 합니다. '살부의 해'라니 놀랍지 않습니까. 우리나라 같으면 한바탕 난리가 났을 겁니다. 이전 시대를 지배했던 가치 체계를 뒤집어엎는 '살부'의 세계관이 '오이디푸스 콤플렉스'라는 개념으로 구체화되기도 했죠. 서구의 20세기적 모더니티는 '살부'로부터 시작된다고 그는 얘기하고 있습니다.

이러니 서구에서 일론 머스크와 같은 인물이 나오는 게 당연한 것 같습니다. 저는 몇 년 전 『일론 머스크, 미래의 설계자』를 읽고 깜짝 놀랐습니다. 그는 우주항공사인 스페이스X, 전기자동차 회사 테슬라 모터스, 태양광 발전업체인 솔라시티 등을 운영하고 있습니다. 요즘에는 뇌 이식과 같은 분야에도 관심을 갖고 있다고 합니다.

일론 머스크가 화성으로 진출하려고 하는 것은 널리 알려져 있습니다. 그는 오는 2050년까지 약 100만 명을 화성으로 보낼 꿈을 꾸고 있습니다. 화성에 도시를 건설할 계획이죠. 그의 '화성 이주 프로젝트'가 실현될지 궁금합니다. 꿈은 꾸라고 있는 것이지요. 그렇지 않나요. 저는 화성 이주 프로젝트는 이미 성공했다고 생각합니다. 왜냐하면 많은 사람들이 이 프로젝트에 관심을 갖고, 신청하고, 참여하기 때문이죠.

이에 반해 국내의 경우 사정이 많이 다릅니다. 김영희 교수의 『한국 구전서사의 부친살해』는 한국의 구전 서사에 부친 살해 모티브가 거의 등장하지 않는다고 지적합니다. 대신 아버지로 표상되는 법, 권위, 질서, 가치에 대한 순종과 헌신이 주를 이루고 있지요. 부친 살해 모티브가 아니라 자식 살해 모티브가 주로 등장합니다.

하지만 서양은 어떻습니까. 서양에서의 부친 살해는 비일비재합니다. 부친 살해를 통해 그동안의 억압과 통제에서 벗어나 새로운 세계를 구축하기도 합니다. 부친 살해는 새로운 세계를 여는 하나의 방법이기도 합니다. 그들은 효를 모르는 불효자식이요, 불한당일까요. 한 번 생각해 봐야 할 시점입니다.

저는 여기서 다섯 편의 책과 함께 모험 여행을 떠나려고 합니다. 그동안 누리지 못한 탐험을 즐기면 좋겠습니다. 용기를 내서 지금까지와는 다른 도전 정신을 발휘해 볼 것을 권합니다. 이런 과정을 통해 지금까지와는 다른 사고의 전환을 가져올 수도 있습니다.

# 세계일주를 해본 사람은
# 얼마나 될까?

### 『80일간의 세계일주Le Tour de Monde en 80jours』
### 쥘 베른Jules Verne 지음

『80일간의 세계일주』의 첫 문장을 기억하시는지요. 제가 유난히 첫 문장을 강조하지요. 그만큼 중요하다는 의미입니다. 이 소설의 첫 문장을 한번 회상해 보겠습니다. 소설은 이렇게 시작합니다. 2만 파운드를 걸고, 베팅, 도박으로 말이죠.

나는 80일 이내에 세계일주를 하겠다는 데 2만 파운드를 걸고, 누구하고든 기꺼이 내기를 하겠습니다. 어떤가요? 받아들이겠습니까?

『80일간의 세계일주』는 주인공 필리어스 포그가 혁신 클럽 친구들과 2만 파운드 내기를 걸고 프랑스 하인 파스파르투와 함께 80일 만에 세계를 일주한다는 내용입니다. 모험을 즐기며, 꼼꼼하고, 감정을 잘 드러내지 않는 포그는 온갖 어려움을 이겨내고 세계 일주를 마치죠. 필리어스 포그는 좀 독특한 사람입니다. 그는 크로노미터처럼 정확히 일정한 시간에 점심 식사와 저녁 식사를 하는 인간입니다. 면도를 위해 화씨 84도의 물만을 사용하기 때문에 물 온도를 잘못 맞추면 쫓겨날 수도 있습니다. 한마디로 재수 없는 놈이죠. 포그는 19세기 근대의 메타포인가요.

이제 본격적으로 세계 일주를 떠나보겠습니다. 쥘 베른은 친절하게도 『80일간의 세계일주』에 앞서 여행 코스를 소개합니다. 세계지도에 80일 동안 갈 곳을 미리 알려주죠. 참고로 『80일간의 세계일주』는 1873년에 출간되었습니다.

세계 여정은 이렇습니다. 저와 세계 일주를 떠나보시죠. 우선 영국 런던을 떠나 철도를 이용해 이탈리아의 브린디 시까지 가서 증기선으로 지중해를 건너 수에즈 운하로 항해합니다.(7일) 다시 증기선으로 홍해와 인도양을 가로질러 인도 봄베이에 도착하죠.(13일) 인도 서쪽의 봄베이에서 동쪽 캘커타까지는 철도로 횡단합니다.(3일)

그 후 남중국해를 건너 홍콩에 들어섭니다.(13일) 증기선으로 일본 요코하마에 도착한 후(6일) 다른 배를 이용해 태평양을 가로질러 샌프란시스코에서 내립니다.(22일) 다시 동쪽 뉴욕까지 철도로 횡단한 후(7일) 증기선으로 대서양을 건너 리버플로 이동합니다.(9일) 그리고 마지막으로 기차로 런던에 돌아오는 일정입니다. 하루라도 어긋나면 80일간의 세계 일주는 실패하게 됩니다. 그렇게 되면 내기 돈 2만 파운드를 날리게 되는 거죠.

호기심으로 가득한 사람은 참으로 많습니다. 왜 이 말을 하냐면, 누군가는 위에 나와 있는 숫자를 모두 더해본 사람도 있기 때문입니다. 어떤가요. 정확히 80일이 나옵니까.

필리어스 포그와 파스파르투는 이동할 수 있는 모든 운송 수단을 동원합니다. 여객선과 기차, 마차는 물론, 요트와 무역선, 심지어 썰매와 코끼리까지 타고 다음 목적지로 이동하죠. 여행이니만큼 돌발 상황은 수시로 일어납니다. 여행은 그러려고 하는 거니까요. 포그는 죽은 남편과 함께 매장당할 위기에 빠진 인도의 아름다운 여인 아우디를 구하기도 합니다. 저는 아우디와 사랑에 빠지지 않을까 기대했지만 그런 일은 일어나지 않았습니다.

선량하지만 끝없이 말썽을 피우는 하인 파스파르투를 구하기 위해 구출 작전에 직접 뛰어들기도 합니다. 세계 일주란 원래 이런 맛으로 하는 것인지도 모르겠습니다. 모험이나 타인의 삶에 도통 관심이 없던 포그는 조금씩 변해가지요. 이 와중에 포그를 은행 절도범으로 오인한 픽스 형사의 추적은 계속됩니다. 쫓고 쫓기는 모험에 숨이 가빠옵니다. 포그는 어려운 상황에 당면해서도 쉽게 좌절하거나 낙담하지 않고, 묵묵히 자신의 지성과 타인의 도움으로 고난을 뚫고 나갑니다.

포그와 파스파르투는 일본 요코하마에 도착하죠. 일행이 탄 카르나티크호는 요코하마 항구로 들어옵니다. 그리고 짧지만 자세하게 요코하마의 풍경이 그려집니다. 저는 중국 상하이에서 우리나라를 거치지 않고 바로 일본으로 건너가서 약간 서운한 마음이 들기도 했습니다. 저를 포함한 독자들 대부분은 쥘 베른이 묘사한 도시를 가보지 못했을 것입니다. 그래서 그런지 책은 흡입력이 있지요. 좌충우돌로 벌어지는 이야기에 흠뻑 빠져듭니다. 런던에서 출발했던 일행은 다시 런던으로 돌아오게 됩니다. 벌써 80일이 지났나요?

그런데 필리어스 포그와 파스파르투의 이동 경로는 범상치 않습니다. 이들의 여행지는 영국의 식민지거나 그 영향력 아래 있는 국가들이 대부분이죠. 여정은 어떤 측면에서는 자본의 식민지 순례 여행의 성격을 띱니다. 비록 작품에서 인물과 국적이 영국으로 설정돼 있지만 『80일간의 세계일주』는 철저하게 프랑스의 옷을 입고 있는 셈이죠.

그럼 도박의 결과는 어떻게 되었을까요. 누가 돈을 차지하게 되나요. 필리어스 포그는 80일 안에 세계 일주를 마쳤을까요. 정해진 시간보다 하루 늦게 도착하고 맙니다. 하지만 여기서 끝이 아니죠. 극적 반전이 있어납니다. 지구 반대편의 시차로 하루를 벌어 일행은 아슬아슬하게 혁신 클럽에 도착합니다. 80일간의 세계 일주는 대성공을 거둡니다. 어떤 이는 이를 '우주를 대상으로 한 유머'라고 표현하기도 했습니다. 어쨌든 80일간의 도박 여행은 대성공입니다.

저는 호기심이 많은 사람입니다. 삽화는 누가 그렸을까 궁금합니다. 『80일간의 세계일주』에 나오는 삽화를 모두 세어봤습니다. 한 번 책을 읽고 삽화만 보면서 책의 내용을 회상하니 다시 한번 예전의 감동이 생생합니다. 제가 읽은 열림원의 『80일간의 세계일주』에는 무려 56장의 삽화가 나옵니다. 주인공 필리어스 포그가 맨 처음 나오고, 다음으로 파스파르투가 등장하죠. 표지의 삽화는 또 얼마나 멋있습니까.

『80일간의 세계일주』의 주인공처럼 엄청난 부자만이 가능했던 세계 여행을 이제는 대부분 모든 사람들이 할 수 있습니다. 구순을 앞둔 제 어머니만 해도 벌써 5, 6개국을 여행했습니다. 경제 수준이 높아지고, 과학 기술이 발전함에 따라 여행은 특정한 사람들만의 것이 아닌 모두의 것이 되었습니다. 더 싸고, 더 편리하고, 더 안전한 여행이 가능해졌지요. 물론 『80일간의 세계일주』에는 엄청난 여행 경비가 듭니다. 필리어스 포그는 가족도 없고, 엄청난 부자이기 때문에 가능한 일이라고 할 수 있습니다.

그렇다면 갑자기 이런 것이 궁금합니다. 실제 세계 여행을 해본 사람은 얼마나 될까? 2019년 한 여행 전문 잡지의 조사에 따르면 베트남 국민의 30%는 여행을 해 본 경험이 없으며, 1%만이 10개국 이상을 다녀온 것으로 나타났습니다.

해외여행하면 우리나라에도 떠오르는 사람이 있지요. 바로 여행가 고故 김찬삼입니다. 그는 한국전쟁의 참화에서 아직 벗어나지 못한 1950년대 후반 홀연히 세계로 눈을 돌렸습니다. 이후 세계 일주 3회 포함, 20여 회의 세계 여행을 했습니다. 160여 개국 1,000개의 도시를 방문했다고 합니다. 거리로 환산하면 지구를 약 32바퀴 돈 셈이죠. 기간만도 무려 14년이라고 하네요.

   그는 3차에 걸친 세계 여행을 정리해 『김찬삼의 세계여행』을 냈습니다. 도서관마다 가장 인기 있는 책이었다고 합니다. 특이한 것은 김찬삼이 2차 세계여행을 하던 1963년 11월 랑바레네의 병원을 찾아 그 유명한 슈바이처 박사를 만났다는 사실이죠. 그는 보름동안 병원에서 봉사하며 슈바이처 박사와 함께 지냈다고 합니다. 두 분의 사진은 인터넷에서 찾아볼 수 있습니다.

   해외여행을 하지 못하는 사람은 쥘 베른의 『80일간의 세계일주』로 대체하는 것은 어떨까요. 물론 지금은 코로나19로 여행을 하지 못하지만 책으로 세계 여행을 하는 것도 좋은 대안이라고 생각합니다.

# 도전정신 바탕은
# 세상에 대한 탐구

『해저 2만리*Vingt Mille Lieues Sous Les Mers*』
**쥘 베른 지음**

앞에서의 『80일간의 세계일주』에 이어 이번에 같이 여행을 떠날 책
은 역시 쥘 베른의 『해저 2만리』입니다. 우선 해저 2만 리가 얼마나 깊
은 바다인지부터 살펴보겠습니다. 해저 2만 리는 원제의 야드파운드
단위인 2만 '리그*league*'를 우리의 거리 단위인 '리'로 옮긴 것입니다.
실제 2만 리그는 11만1,120㎞인 반면, 2만 리는 7만8,545㎞로 차이가
있습니다.

『해저 2만리』는 쥘 베른의 대표작으로 잠수함 노틸러스호를 타고
해저 여행을 떠나는 이야기죠. 『80일간의 세계일주』가 육상 여행이라
면, 『해저 2만리』는 해저 여행이죠. 그는 후에 친구가 제작한 기구(거인
호)에서 영감을 얻어 『기구를 타고 5주간』이라는 여행서를 쓰기도 했

습니다. 그야말로 쥘 베른은 육·해·공을 다니며, '경이로운 여행' 시리즈를 완성합니다.

여기서 그치면 쥘 베른이 아니죠. 그는 『달세계 여행』이라는 작품을 쓰면서 본인의 활동 반경을 우주로까지 확대합니다. 스케일이 장난이 아닙니다. '육·해·공·우'를 섭렵하는 쥘 베른에게 찬사를 보내지 않을 수 없습니다. 정말 대단하지 않습니까.

'앵무조개'라는 뜻의 노틸러스는 1800년 미국의 로버트 풀턴이 처음 잠수함을 만들고 노틸러스호라 불렀다고 합니다. 그 후 1886년 영국의 캠벌과 애시가 축전지를 이용해 만든 잠수함 노틸러스호가 있지요. 1954년 진수된 세계 최초의 미국 핵잠수함 노틸러스호도 있습니다. 이렇게 노틸러스호는 여럿입니다. 베른은 여기에서 이름을 따온 듯합니다.

『해저 2만리』에서 베른은 노틸러스호를 구체적으로 묘사합니다. 제원을 보면, 노틸러스호는 네모 선장이 직접 설계하고, 나트륨 수은 전지를 이용합니다. 최고 속도 50노트, 길이 70m, 최대지름 8m의 홀쭉한 원통형으로 되어 있습니다.

이제 본격적으로 『해저 2만리』로 여행을 떠나볼까 합니다. 여행을 떠나기 전, 제가 책을 읽는 팁을 하나 소개할까 합니다. 특별한 건 아닙니다. 저는 『해저 2만리』를 읽기 위해 책의 앞부분에 있는 '노틸러스호의 항로(1867~1868)'를 따로 복사했습니다. 그리고 책을 읽으면서 항로를 같이 따라갑니다. 마치 저도 같이 여행을 하는 것처럼요.

『해저 2만리』는 일기 형태로 되어 있습니다. 당연히 날짜가 나오죠. 항로에도 날짜가 표기되어 있어 지금 어디에서 이와 같은 재미있는 일이 벌어지는지 알 수 있습니다. 자칫 바다 속에서 길을 잃고 헤매는 것을 방지할 수 있습니다. 미아가 될 일은 없지요.

『해저 2만리』는 괴물 탐사에 나선 '링컨호'에 탑승한 프랑스의 해양학자 아로낙스 박사와 그의 하인 콩세유, 고래잡이 명수인 네드랜드 등 3인방이 괴물의 습격을 받아 난파된 후 접하게 되는 이야기입니다. 난파당한 그들은 독특한 삶을 살아온 네모 선장이 이끄는 무국적의 잠수함에서 새롭고, 신비로운, 모험에 가득 찬 여행을 하게 됩니다. 어느 한 곳에 구속된 삶을 싫어하는 네드랜드는 언젠가 노틸러스호에서의 탈출을 꿈꾸기도 합니다. 하지만 실현되지는 않지요. 저는 네드랜드를 보면서 일상생활에 찌든 직장인들이 마음속으로는 엄청난 일탈을 꿈꾸지만, 실제 실행하지 못하는 상황과 비슷하다는 생각을 했습니다.

하지만 네드랜드도 아로낙스 박사가 이끄는 거대하고 신비한 바다 여정에 매료됩니다. 이 과정에서 전 세계 대양을 넘나드는 여정에서 만나는 신비로운 것들을 기록하게 되지요. 때때로 놀랍기만 합니다. 도대체 쥘 베른은 단순한 소설가가 아닌 것 같다는 생각 때문입니다. 어떻게 그가 모든 분야의 과학적 사실들을 정확하게 묘사하는지 이해할 수가 없습니다. 소설가가 상상이 아닌 현실의 한 접점에서 창작을 하는 모습을 보여주고 있지요.

'20세기의 과학은 쥘 베른의 꿈을 좇아 발전했다'는 말처럼 그의 소설에 등장하는 잠수함, 우주여행, 해상도시, 투명인간 등과 같은 상상 속 개념들이 20세기 과학 발전에 큰 영향을 미쳤다고 합니다. 처음에는 공상, 상상이지만 나중에는 현실이 되기도 하는 법입니다.

쥘 베른의 책은 대부분 중·고교 시절에 접하곤 합니다. 하지만 저는 시골에서 자라 학창시절, 쥘 베른의 책을 보지 못했습니다. 그의 책을 청소년 시절에 읽어보지 못한 것이 못내 아쉽습니다. 제가 쥘 베른의 『80일간의 세계일주』, 『해저 2만리』를 읽은 것도 이 책을 쓰기 위해서였습니다. 저는 2019년 말부터 2020년 초까지 이 책들을 읽었습니다. 그러면서 '독서에는 때가 있다'는 말을 실감했습니다. 저처럼 50세가 넘어서 읽어도 이렇게 재미있고, 다음 이야기가 어떻게 진행될지 궁금한데 만약 10대나 20대 시절에 이런 책을 읽었다면 얼마나 좋았을까 하는 생각을 했습니다.

어린 시절부터 바다와 그 너머에 있는 미지의 땅을 동경했던 쥘 베른처럼 사고를 쳤을지도 모릅니다. 쥘 베른처럼 열한 살 때 사촌누이를 사랑하여 산호 목걸이를 선물하려고 인도 행 무역선에 올라타는 모험을 단행했을지도 모를 일입니다.

하지만 쥘 베른과 같은 당시에는 상상으로만 가능했던 잠수함, 로봇, 압축공기, 로켓, 전송 사진, 비행기, 텔레비전 등은 모두 현재 실현됐습니다. 지금은 쥘 베른이 책에서 썼던 것처럼 극지, 암흑대륙, 해저, 지하, 우주로 마음껏 여행하는 시대가 됐지요. 『해저 2만리』는

1869년 작품입니다. 이는 어쩌면 서구 과학 기술의 바탕이라는 생각이 듭니다. 서구의 과학 기술이 발전한 것은 쥘 베른의 『해저 2만리』와 같이 무한한 상상력이 원인이라고 하면 과장일까요. 과장일 수는 있지만 전혀 무관하다고 할 수는 없을 것 같습니다.

쥘 베른의 책을 읽다보니, 한국해양과학기술원과 지성사가 발간하는 해양문고가 생각났습니다. 해양문고는 해양 과학자들이 아름답고 신비로운 바다 생물과 환경, 우리의 삶을 바꾸는 해양 과학과 자원 등에 대한 얘기를 전해주고 있습니다. 지금까지 30여 권이 넘게 출판됐고 저는 몇 권을 훑어보았는데 아주 흥미롭습니다. 특히 『세상을 바꾼 항해술의 발달』, 『삽화로 보는 심해 탐사』, 『인도양에서 출발하는 바다 이름 여행』, 『잠수정, 바다 비밀의 문을 열다』 등은 쥘 베른의 책과 함께 읽으면 좋을 것 같습니다.

『해저 2만리』는 어린이에게는 과학적 상식과 꿈을 주고, 청소년에게는 잠들어 있는 모험 정신을 일깨울 수 있습니다. 어른에게는 오랜만에 동화를 읽던 옛날로 돌아갈 수 있도록 해주기도 합니다. 세대를 구별하지 않고 누구나 상상의 나래를 활짝 펼 수 있도록 돕는 책입니다.

# 취중에 지은
# 멋진 제목의 우주책

### 『은하수를 여행하는 히치하이커를 위한 안내서
*The Hitchhiker's Guide to the Galaxy*』
### 더글러스 애덤스*Douglas Adams* 지음

제목이 멋지죠.『은하수를 여행하는 히치하이커를 위한 안내서』말입니다. 그런데 그 멋진 제목이 붙여진 이유를 알고 보니 좀 황당합니다. 왜냐하면 취중에 지은 제목이기 때문이죠.

책 제목은 더글러스 애덤스가 1971년 오스트리아 인스브루크의 한 들판에 술에 취해 누워 있을 때 문득 떠올랐다고 합니다. 이틀 동안 아무것도 먹지 않은 상태에서 독한 술을 두어 잔 마셨을 때『은하수를 여행하는 히치하이커를 위한 안내서』라는 제목이 정해졌다고 합니다.

저는 통합본으로 된『은하수를 여행하는 히치하이커를 위한 안내서』를 갖고 있습니다. 그런데 이 책은 무려 1,236쪽에 달합니다. 책의 무게도 1,680g입니다. 책의 무게만큼이나 거대한 스케일을 자랑하는 범우주적 코믹 소설입니다. 이야기는 우주만큼이나 크고 거대합니다. 그 크기를 측정할 수 없을지도 모릅니다.

참! 일론 머스크도 어렸을 적에『은하수를 여행하는 히치하이커를 위한 안내서』를 읽고 큰 감명을 받았다고 합니다. 그는 책에서 읽은 공상과학의 지혜를 자신의 이념으로 받아들였고, 다른 사람들은 미쳤다고 할 수도 있는 모험을 단행하고 있습니다.

흔히 SF는 그 내용 때문에 무겁고 엄숙한 게 보통입니다. 때로는 읽기 부담스러울 만큼 심각하기도 하죠. 하지만 이 책에서 이야기하는 과학은 놀랄 만큼 익살스럽고 쾌활합니다. 심하게 얘기하면 '이거 장난치는 거 아냐' 하는 생각이 들기도 합니다.

『은하수를 여행하는 히치하이커를 위한 안내서』는 과학 잡지 〈과학동아〉에서 다룰 법한 내용을 담고 있습니다. 과학, 철학, 수학, 생명공학, 문화인류학, 미래학 등 다양합니다. 물론 우주를 다루는 천문학이 많은 부분을 차지하고 있지요. 하지만 이런 주제를 다루는 방식에는 차이가 있습니다. 과학 잡지의 경우에는 심각하지만 이 책에서는 농담을 던지고, 장난을 걸기도 하지요. 여기에 걸려들면 광활한 우주로의 여행에 동참해야 할지도 모릅니다.

사족이 길었습니다. 이제 본격적인 우주여행을 떠나겠습니다. 이 책의 독자 중 1,236쪽에 달하는 백과사전 같은 벽돌책을 읽은 사람이 많지 않을 거라 생각하고 책의 내용을 말하려고 합니다. 지금까지도 그랬지만 스포일러가 되기를 각오하겠습니다.

지구가 종말을 맞는 바로 그 순간, 주인공 중 한 사람인 아서 덴트는 은하수를 여행하는 포드 프리텍트라는 히치하이커에 의해 우연히, 조금은 웃기는 상황에서 구사일생으로 구조됩니다. 처음부터 웃음을 유발합니다. 아서와 포드는 방금 전 지구를 멸망시킨 보고인(외계 행성의 생명체)의 우주선에 있다가 발각되어 추방을 당합니다. '뭐 이런 상황에서 쫓아낼 것까지야 있겠어' 하는 생각이 들기도 하지만, 그는 지구의 멸망을 지켜본 사람이 됩니다.

하루아침에 우주에 내던져진, 좀 더 솔직하게 말하면 버려진 그들은 죽음 직전에 이 소설의 또 다른 주인공인 우주 대통령 자포드 비블브락스와 또 한 명의 지구인 트릴리안에게 구조됩니다. 그들 두 사람이 타고 있는 우주선 '순수한 마음'호에 히치하이킹을 하게 된 셈이죠.

여기서 옛날 텔레비전에서 본 '옥에 티 찾기'라는 프로그램이 생각나는 이유는 뭘까요. 이 책에서도 몇 가지 옥에 티를 찾아내는 즐거움이 있습니다. 컴퓨터와 우주선 속의 로봇, 음료 자판기, 말하는 문 등을 코믹하게 묘사하는 부분에서 티끌만한 티가 보입니다. 한번 찾아보시기 바랍니다. 설령 그렇다고 해도 『은하수를 여행하는 히치하이커를 위한 안내서』를 폄하할 수는 없습니다. 이 안내서가 제대로 우주 가이드를 하지 못하거나 명성이 훼손된다고 생각하지 않습니다.

1978년 6회짜리 라디오 드라마로 시작된 히치하이커 시리즈는 폭발적인 인기를 등에 업고 텔레비전 드라마, 음반, 컴퓨터 게임, CD, 연극, 심지어 타월에 이르기까지 온갖 버전으로 확장됩니다. 『은하수를 여행하는 히치하이커를 위한 안내서』는 코믹SF의 대명사가 되죠.

더글러스 애덤스는 '안내서에 대한 안내'에서 이 행성을 떠나는 법에 대해 장황하게 설명합니다. 하지만 실현 가능성은 낮아 보입니다. 제가 아주 좋은 방법을 알고 있습니다. 지금부터 그걸 알려드리겠습니다.

대덕연구단지에는 한국천문연구원이 있습니다. 이곳은 국내에서 유일한 천문학을 연구하는 정부 출연 연구원입니다. 이곳에 전화하십시오. 한국천문연구원 대국민홍보팀(042-865-2195)에 전화해서 행성을 떠나는 법을 물어보면 됩니다.

그런 방법은 연구하지 않는다고 발뺌을 할지도 모릅니다. 그럴 때에는 다른 연구자를 소개해 달라고 하면 됩니다. 예를 들면 『우주날씨 이야기』라는 베스트셀러를 쓴 황정아 박사에게 물어봐도 됩니다. 몇 년 전 제가 그와 얘기를 나눠봤는데 친절한 그 과학자는 아마 지구를 떠나는 방법을 설명해 줄지도 모릅니다. 속는 셈치고 한번 전화를 걸어보십시오.

테슬라의 일론 머스크는 어떤가요. 화성 이주 프로젝트를 추진했으니 머스크가 알려줄지도 모를 일입니다. 더글러스 애덤스가 제시한 다섯 가지나 제가 제시한 방법 중 하나라도 진지하게 시도해 보거나 전화를 걸려고 한 사람은 우주를 여행하는 히치하이커가 되기에 충분한 자격요건을 갖춘 셈입니다.

가끔 인터넷 서점에서 책을 고를 때 구매자 분포를 주의 깊게 봅니다. 어떤 세대가 책을 샀는지 등을 보기 위해서죠. 『은하수를 여행하는 히치하이커를 위한 안내서』에서 50대 남성의 구매율은 2.4%에 불과합니다. 그런데 저도 2.4%에 들어가니 이를 어떻게 봐야 할까요. 저는 아직도 철이 들지 않았나 봅니다. 대한민국 50대 남성의 2.4% 안에 들어가니 말입니다. 이 책의 주된 구매층은 20대 여성(21.6%), 30대 여성(19.1%), 30대 남성(15.4%) 등입니다.

# 행복이라는 파랑새를
# 찾고 있나요?

『**파랑새**L'Oiseau Bleu』
**모리스 마테를링크**Maurice Maeterlinck **지음**

누구나 행복을 원합니다. 행복은 인간이 원하는 가장 본질적 속성
중 하나일 겁니다. 어른은 물론 아이들도 행복을 원하죠. 하지만 우
리는 늘 행복하지 않다고 말합니다. 행복할 수 있는 방법은 정말 없는
걸까요.

만약 지금 행복하지 않다면『파랑새』를 펼쳐보면 어떨까요?『파랑
새』는 1906년 모리스 마테를링크의 6막 12장 분량의 희곡입니다. 출
간 2년 뒤 러시아 연극계의 거장 콘스탄틴 스타니슬랍스키가 연극으
로 만들기도 했습니다. 프랑스에는『파랑새』가 1909년 출간되었다고
합니다. 이후『파랑새』는 날개를 달았습니다. 영화, 뮤지컬, 애니메이
션 등으로도 만들어져 세계인의 사랑을 받았죠. '파랑새'는 자연스럽

게 '희망과 행복의 대명사', '행복의 아이콘'이 되었습니다.

그럼 『파랑새』를 쫓아가 보도록 하겠습니다. 『파랑새』는 주인공 '틸틸'과 '미틸'이 행복을 찾아나서는 과정을 그린 작품입니다. 두 주인공이 어느 날 건너편 동네를 바라보고 있을 때, 똑똑 오두막 문을 두드리는 소리가 들립니다. 불안한 얼굴로 내다보는 둘 앞에 초록색 옷에 빨간 두건을 쓴 할머니가 짠 하고 나타나지요. 할머니는 자신을 요술쟁이 베릴리운느라고 소개하죠. 할머니는 '어린 딸의 병을 낫게 하려면 파랑새가 있어야 한다'며 아이들에게 파랑새를 찾아달라고 부탁합니다. 그렇게 해서 파랑새 여정은 시작되죠.

신발이 없어 갈 수 없다는 틸틸에게 요술쟁이는 마법 모자를 씌워줍니다. 부잣집 아이들을 부러워하는 틸틸과 미틸에게 '너희가 사는 이 오두막도 저 집 못지않게 멋지단다'고 마법을 부립니다. 요술쟁이는 '사람들은 왜 남의 참모습을 보지 못하는 걸까? 참으로 딱한 노릇이지'라고 말하죠.

벌써 눈치 챘겠지만 『파랑새』가 하고자 하는 얘기가 여기에 있습니다. 요술쟁이 할머니가 하는 얘기를 잘 음미해보면 『파랑새』가 날아가고자 하는 목적지를 짐작할 수 있지 않을까요. 결국, 틸틸과 미틸은 물, 불, 개, 고양이, 빵, 우유, 설탕의 요정들과 함께 '추억의 나라', '밤의 궁전', '미래의 나라'를 여행합니다. 하지만 어렵게 발견한 파랑새는 얼마 지나지 않아 죽거나 색깔이 바뀌거나 다른 곳으로 훌쩍 날아가 버립니다. 이를 어쩌나요.

『파랑새』를 읽은 사람이든, 읽지 않은 사람이든 결론은 누구나 알고 있을 듯합니다. 파랑새를 찾지 못한 틸틸과 미틸이 1년 만에 집으로 돌아왔을 때 그토록 찾아 헤매던 파랑새가 눈앞에 나타납니다. 그러나 자기 집 새장에 있던 파랑새는 잠깐 사이 어디론가 날아가 버리고 말죠.

줄거리를 장황하게 설명했지만 누구나 내용은 알고 있습니다. 하지만 실제『파랑새』를 읽는 사람은 많지 않습니다. 세상에는 사람들이 생각하는 것보다 훨씬 많은 소박한 행복이 있다는 사실을 깨닫지 못하고 있습니다. 왜 '파랑새 증후군Bluebird Syndrome'이라는 말까지 생겼는지 알지 못하지요. 그건 현실에 만족하지 못하고 새로운 이상만을 추구하는 병적인 현상이 우리 사회에 만연돼 있기 때문입니다.

어떤 어르신은『파랑새』의 주인공 틸틸과 미틸을 '치르치르'와 '미치르'로 알고 있기도 합니다. 일본에서『파랑새』를 번역하면서 주인공 이름을 바꾸고, 우리말로 중역하는 과정에서 그대로 굳어진 것으로 이해됩니다. 그래서 지금은 볼 수 없지만 옛날에는『치르치르 남매의 행복이야기』,『치르치르와 미치르』라는 책을 보기도 했을 겁니다.

행복하고 싶나요. 행복은 마음먹기에 달렸습니다. 세계에서 가장 행복한 나라는 바로 부탄이라고 합니다. 부탄은 국가 발전을 도모하는 지침으로 GNP(국민총생산)가 아닌 GNHGross National Happiness(국민총행복)를 도입했다고 합니다. 재미있지요. 부탄 사람처럼 행복하면 좋겠습니다.

결국 행복은 자기 자신에게 달려 있는 자신만의 문제입니다. 만약 지금 당신이 불행하다고 느낀다면, 행복과는 거리가 먼 삶을 살고 있다면, 틸틸과 미틸과 함께『파랑새』를 여행하면 어떨까요.『파랑새』 여행에는 2~3시간이면 충분합니다. 여행비용도 아주 저렴합니다. 원래 1만1,000원인데 10% 할인을 받으면 9,900원입니다. 커피 두 잔 값이네요.『파랑새』 여행을 권해 봅니다.

　　한때 우리나라에는 헬조선, N포 세대 등 젊은이들의 분노와 허전함으로 현실을 부정하는 말들이 유행했습니다. 하지만 파랑새는 멀리 있지 않고 항상 곁에 있다는 사실을 기억해야 합니다. 남녀노소를 떠나 모두의 공통사항이지요. 모두가 행복하길 바랍니다.

# 자유를 찾아 떠나는
# 모험 여행

### 『허클베리 핀의 모험*The Adventures of Huckleberry Finn*』
### 마크 트웨인*Mark Twain* 지음

 

마크 트웨인의 『허클베리 핀의 모험』은 제목에서 알 수 있듯 모험적인 책입니다. 저는 몇 가지 측면에서 『허클베리 핀의 모험』을 그런 이상한 책으로 분류하고자 합니다. 이상한 책을 하나하나 분석해 보겠습니다. 우선 책의 처음부터 경고문이 나옵니다. 이게 뭡니까. 지금 독자를 겁박하는 건가요. 물론 나중에는 마크 트웨인의 마음을 충분히 이해했지만 처음에는 약간 어리둥절했습니다. 아시는 것처럼 처음에 이렇게 시작합니다.

이 이야기에서 어떤 동기를 찾으려고 하는 자는 기소할 것이다.
이 이야기에서 어떤 교훈을 찾으려고 하는 자는 추방할 것이다.

이 이야기에서 어떤 플롯을 찾으려고 하는 자<sup>는</sup>는 총살할 것이다.

- 지은이의 명령에 따라

군사령관 G.G(11쪽)

다음으로 일러두기를 통해 사투리에 대해 설명합니다. 미주리 주<sub>州</sub> 흑인 사투리, 극단적 형태의 남서부 오지<sub>奧地</sub> 사투리, 〈파이크 지역〉의 일상 사투리, 그리고 이 마지막 사투리의 네 가지 변종이 바로 그것입니다. 그는 이러한 사투리 사이의 미묘한 차이는 아무렇게나 또는 어림짐작으로 만들어낸 것이 아니라는 사실을 설명하기도 합니다. 사투리가 이렇게 중요한 걸까요. 하여튼 『허클베리 핀의 모험』에는 사투리가 많이 나옵니다.

마크 트웨인은 소설에서 자기 자랑을 늘어놓습니다. 겸손과는 거리가 있네요. 그는 '『톰 소여의 모험』이라는 책을 읽어보지 않은 사람이라면 아마 나에 대해 잘 모를 겁니다. 하지만 그것은 그리 대수로운 일이 아닙니다. 그 책을 쓴 사람은 마크 트웨인이라는 사람인데 대체로 진실을 말하고 있습니다'고 말합니다. 약간 오만하다는 생각이 듭니다.

마크 트웨인은 영국의 셰익스피어, 러시아의 도스토옙스키, 프랑스의 빅토르 위고에 비견되는 작가입니다. 그런 이유로 어니스트 헤밍웨이는 '미국의 모든 현대문학은 마크 트웨인이 쓴 『허클베리 핀의 모험』이라는 책 한 권에서 비롯되었다'고 말했지요. 헤밍웨이가 위에

서처럼 말했다니 제 맘대로 그의 오만함을 눈감아 주기로 했습니다.

『허클베리 핀의 모험』의 스토리는 다음과 같습니다. 미주리 주州 세인트피터즈버그 술주정뱅이의 아들인 주인공 허클베리 핀(헉)은 더글러스 부인의 양자입니다. 그는 과부인 더글러스 부인과 그녀의 노처녀 동생 왓슨의 훈육에 염증을 느끼지만 그냥 견디고 있죠. 이 무렵 헉이 뜻하지 않게 돈을 벌었다는 소문이 돌자 아버지가 나타나 그를 유괴합니다.

숲 속 생활에 만족하던 헉은 술에 만취한 아버지의 폭력에 위협을 느끼고 탈출을 시도합니다. 미시시피 강에 있는 잭슨 섬에 숨어 있다가 우연히 왓슨의 흑인 노예인 짐Jim을 만나게 되죠. 둘은 동지가 됩니다. 지금까지의 폭력을 벗어나 모험 가득한 여행을 시작하죠. 둘은 뗏목을 타고 다니며, 다양한 사건에 휘말리며, 아칸소 주 어느 마을에 도착합니다. 그곳에서 친척집에 와있던 톰 소여로부터 왓슨 양이 유언을 통해 짐을 해방시켜주었다는 소식을 듣죠. 『허클베리 핀의 모험』의 마지막에 헉은 문명사회에 등을 돌리고 여전히 개척되지 않고 있던 서부의 황야로 향합니다.

『허클베리 핀의 모험』에서는 함께하는 여행, 그 자체보다 여행을 통해 주인공이 겪는 다양한 일들이 벌어집니다. 뗏목을 타고 미시시피 강을 따라 여행하는 동안 헉은 짐의 성숙한 인격을 체험하며, 흑인에 대한 편견을 극복하게 되지요.

이야기의 대부분이 뗏목을 타고 미시시피 강을 따라 모험을 즐기기 때문에 곳곳에서 뗏목을 예찬하는 것을 볼 수 있죠. '뭐니 뭐니 해도 뗏목처럼 살기 좋은 집은 이 세상에 다시 없다고 했습니다. 다른 곳들이라면 그야말로 갑갑해서 숨이 막힐 것 같지만 뗏목만은 그렇지 않았거든요. 뗏목 위에 있으면 모든 게 자유롭고 마음이 놓이며 편안하기 그지없습니다.' 이렇게 말입니다. 뗏목 예찬입니다.

『허클베리 핀의 모험』은 1884년 출간되면서부터 '불량' 낙인이 찍혔습니다. 주인공 헉이 거짓말과 욕설, 상스런 말을 수시로 하여 당시 미국 사회의 기반이라고 할 수 있는 기독교의 도덕성과 학교 교육을 조롱했기 때문입니다. 하지만 『허클베리 핀의 모험』등 마크 트웨인의 작품은 전통적 사고에 도전하는 미국의 신세계에 적합한 열린 사고를 열었다는 호평을 받고 있지요. 반어법과 해학으로 미국의 심각한 사회 문제인 인종차별을 풍자하고, 미국 고유의 정서인 유머로 미국 문화의 토대를 닦았다는 평가를 받고 있습니다. 실제 원작에는 니거*nigger*(검둥이)라는 표현이 200여 차례나 나온다고 합니다. 교육 수준이 낮은 소년을 묘사하는 과정에서 문법에 맞지 않는 표현과 남부 사투리가 많이 보이지요.

하지만 저는 '불량'에 대해 항변하고 싶습니다. 헉이 이름을 바꾸고 거짓말을 지어낸 이유는 노예인 짐을 보호하기 위해 어쩔 수 없이 한 것이지요. 짐이 악당들에게 팔려나가는 것을 막기 위해 헉은 불가피한 거짓말을 하게 됩니다. 착한 거짓말이죠. 새빨간 거짓말은 아닙니다.

『허클베리 핀의 모험』은 미시시피 강을 따라 다양한 에피소드를 엮은 여행기입니다. 헉은 천진난만함과 위험성을 동시에 갖고 있는 이중적인 비행(?) 청소년입니다. 그가 바라본 세상은 험난하지만 희망은 있습니다. 악당들이 도처에서 위협을 가하지만 정직하고 따뜻한 사람들을 보며 세상을 배워 나가는 착한 소년입니다.

주인공 헉은 글자를 배웠다는 이유로 아버지에게 폭행을 당하고, 아들이 가진 돈을 가로채려는 아버지라는 존재는 헉에게는 위협일 뿐입니다. 세상에 이럴 수도 있군요.

이 책은 무엇보다 '모험'과 '여행'을 통한 '자유'를 그리고 있습니다. 흑인 짐이 노예 제도가 가하는 육체적인 속박으로부터의 벗어남을 추구한다면, 헉은 문명사회가 부여하는 모든 제약이나 구속에서의 해방, 즉 정신과 영혼의 자유를 추구하는 것이죠.

『허클베리 핀의 모험』의 주인공 헉은 이제 겨우 14살입니다. 이 나이에 위험천만한 뗏목 여행을 하면서 악한 어른들의 온갖 술수에 대처해 나가는 모습을 보고 무슨 생각을 하셨나요. 물론 앞에서도 언급했지만 거짓말은 나쁜 것이지만 노예인 짐을 보호하기 위해 어쩔 수 없었습니다. 단순한 이름 바꾸기와 거짓말이 마냥 나쁘다고만 할 수는 없을 것 같습니다.

시대가 변한 것은 부정할 수 없지만 지금 현재를 살고 있는 14살 청소년은 헉처럼 모험을 할 수 있을까요. 가만히 저의 14살 때를 생각해 봅니다. 이제야 알겠습니다. 왜 마크 트웨인이 처음에 강력한(?) 경고로 시작했는지 어렴풋이 짐작이 갑니다. 이 책에서 동기, 교훈, 플롯을 찾지 말라고 한 의미를 알겠습니다. 모험은 재미를 느끼면 된다는 것이 아닐까요. 하기야 모험에 재미와 예측 불가능한 상황 전개 외에 무엇이 더 필요하겠습니까. 무엇인가를 더 원한다면 욕심 많은 도둑놈(?)일까요.

# Chapter
# 4

성장(成長)

성장통으로 아픈
젊은 날

청소년기를 상징하는 단어는 어떤 것이 있을까요. 여러 가지가 떠오르지만 대표적 키워드는 성장입니다. 물론 사람에 따라 고통, 격정, 불안, 저항, 좌절 등의 단어를 연상하는 사람도 있을 겁니다. 성장은 무엇일까요. 사전적 의미의 성장은 미숙한 존재에서 성숙한 존재로의 변화를 뜻합니다. 즉, 인간이 성장한다는 것은 개인적 주체성을 확립하는 것과 사회적 구성성을 확립하는 것을 말하죠. 성장은 개인화와 사회화를 동시에 말하는 이중성을 보입니다.

청소년기는 누구나 미숙합니다. 성숙과는 거리가 멀지요. 『수레바퀴 아래서』의 한스 기벤라트, 『데미안』의 싱클레어, 『호밀밭의 파수꾼』의 홀든 콜필드, 『노르웨이의 숲』의 와타나베와 기즈코, 『아몬드』의 윤재와 곤이 등은 어른이 아닙니다. 그들은 매일매일 삶에 아파하는 청소년이거나 젊은이들이죠.

성장기의 주인공은 소설 속에서 보듯 온갖 좌절과 고통 속에서 청소년기를 보냅니다. 때로는 희망, 기쁨, 열정 등을 흥얼거리기도 하지만 대부분 청소년은 많은 어려움을 겪으며, 힘겹게 살아갑니다. 사람에게 성장은 단순히 키가 크거나 몸무게가 느는 것만을 의미하지는 않습니다. 거기에는 정신의 크기가 커지는 형이상학적 개념이 포함되어 있습니다. 성장하는 과정에서 성장통成長痛을 겪기도 하지요.

때론 성장통 때문에 소설 속 주인공처럼 많은 청소년들이 좌절하고, 절망합니다. 심한 경우에는 한스 기벤라트처럼 죽음에 이르기도 합니다. 청소년이 성장통을 이겨내고 성장하기 위해서는 주위의 따뜻한 시선이 필요합니다. 그런 과정을 겪고 나면 한 단계 성장하고, 좀 더 성숙한 자신이 된 것을 발견할 수 있습니다. 우리의 삶은 이런 과정을 통해 재탄생합니다. 누구나 그런 길을 걷게 됩니다. 생물학적 나이로만 성장기가 정해지는 것은 아닙니다. 사람마다 처한 환경에 따라 달라집니다.

그렇다면 청소년이 성장하는 방법에는 어떤 것이 있을까요. 저의 경험으로는 독서가 가장 좋은 방법인 것 같습니다. 물론 요즘 청소년은 입시 때문에 독서를 한다는 것이 거의 불가능하지만 독서를 통해 자아의 성장을 꾀하는 것이 좋습니다.

저를 한번 돌이켜 보겠습니다. 학창시절, 저는 꾸준하게 독서를 했습니다. 아마 그 이유는 학교 공부에 많은 흥미를 갖지 못했기 때문이기도 합니다. 지금 생각해보면 체계적으로 독서를 하지는 못했지만 읽고 싶은 책을 찾아 계속 읽었습니다. 하나의 책을 읽으면 다른 책을 찾아 읽었습니다. 독서의 연쇄반응이죠. 지금은 그때 무슨 책을 읽었는지, 어떤 내용인지 기억나지 않지만 그때는 나름 열심히 읽었습니다. 불현듯 그때의 독서가 생각나는 것으로 봐서 한 사람의 인생에 영향이 큰 것 같습니다.

조금 성장해서는 지금도 참여하고 있는 독서클럽 '백북스' 활동이 저를 발전시키는 계기가 됐다고 생각합니다. 작가로 활동하게 된 것도 백북스 활동을 통해 기반을 닦았기 때문이죠. 처음에는 내용 파악조차 힘들었지만 꾸준히 참가하다 보니 어느새 훌쩍 지적 성장을 꾀한 자신을 발견할 수 있었습니다.

처음 독서 모임에 참여했을 때 백북스 추천도서가 너무 어려워 도저히 읽을 수조차 없었습니다. 예를 들어 보겠습니다. 『보이지 않는 세계』, 『생명: 40억 년의 비밀』, 『나비와 전사』, 『역사의 등불 사마천, 피로 쓴 사기』 등입니다. 저는 이런 책에 절망하고 좌절하곤 했습니다. 책이 너무 두껍기도 했지만 읽어도 내용을 이해할 수 없었기 때문입니다.

당시 독서는 기쁨과 희망을 얻는 방편이 아니라 좌절과 무지를 깨닫고 절망하는 계기였습니다. 책의 내용을 파악하는 것이 아니라 단지 활자를 읽었을 뿐입니다. 저는 '활자 독서'를 했습니다. 의미를 파악하는 게 아니라 그냥 글자만 읽는다는 뜻입니다. 그때 추천도서는 무슨 일이 있어도 읽고 간다는 목표를 정했습니다. 책이 어려우면 한 시간에 10쪽만 읽는다는 세부 계획을 수립하기도 했죠. 300쪽의 책을 읽는 데 꼬박 30시간을 쏟아 부었습니다. 500쪽 책에는 당연히 50시간을 독서하는 데 들였죠. 지금 생각하면 다시는 그렇게 하지 못할 것 같습니다. 대단한 열정이었습니다.

　책이 너무 어려워 읽기 힘들거나 짜증이 날 때는 마음을 다잡기 위해 대학 입시 때처럼 '필승必勝'이라고 새겨진 머리띠를 한 채 독서를 하기도 했습니다. 지금 생각해도 눈물겨운 '독서 투쟁'이었습니다. 대학 입시 때보다 더 치열하게 공부한 시기입니다.

　현재 제가 작가로 활동하고 있는 것은 아마 이와 같은 고통과 좌절, 절망의 시절을 보냈기 때문이 아닌가 합니다. 피, 땀, 눈물이 있었기 때문에 그나마 작가로 활동하고, 글쓰기 강사가 되었는지도 모르지요. 제가 현재 이런 생활을 할 수 있었던 계기는 아마도 청소년기의 독서가 밑바탕이 됐다고 생각합니다. 그런 의미에서 다음에 나오는 책들은 성장의 의미를 생각할 수 있는 방탄 리스트입니다.

# 19세기 독일을 닮은
# 한국의 교육 현실

『**수레바퀴 아래서**_Unterm Rad_』
**헤르만 헤세**_Herman Hesse_ **지음**

주변 사람들로부터 감당하기 힘든 기대를 한 몸에 받고 있다면 어떨까요. 더구나 그가 어린 학생이라면 어떻겠습니까. 답은 헤르만 헤세의 『수레바퀴 아래서』를 보면 알 수 있습니다. 주인공 한스 기벤라트는 똑똑하고 재능 있는 학생입니다. 흔히 영재라거나 천재라고 불리는 학생이지요. 한스는 현대적 교육을 받은 사람이라고는 찾아볼 수 없는 시골 마을에서 벗어나 넓은 세상에서 성공을 꿈꿉니다.

그 방법은 여러 가지가 있지만 가장 현실적이고 실현 가능한 것은 주州 시험에 합격해 신학교 수도원에 들어가는 것이죠. 그리고 후에 목사나 교사가 되는 것입니다. 옛날 시골에서 사법고시에 합격해 판사나 검사나 되듯이 말입니다. 시골 마을에 걸린 '경 사법고시 최종합격 축'이라고 걸린 플래카드를 한번 생각해 보십시오.

한스는 이를 위해 피나는 공부를 합니다. 한스의 공부 스케줄을 한 번 보시죠. 그는 매일 오후 4시까지 학교 수업을 받고 교장 선생님의 특별 지도 아래 그리스어를 배웁니다. 오후 6시부터 마을 목사로부터 라틴어와 종교학을 복습하기도 합니다. 1주일에 두 번씩, 저녁 식사 후에는 수학 선생님의 지도를 받습니다. 그야말로 특별 과외의 연속 이죠.

이쯤에서 제가 잘 아는 중학교 3학년 C군의 시간표를 보겠습니다. 그의 학교 수업 외 학원 시간표를 보면 한스와 다를 바 없습니다. 오히려 더하면 더하다고 할 수 있지요. C군은 영어와 수학에 많은 시간 을 쏟아 붓고 있습니다. 학원에서 월, 수, 금 3일 동안 오후 5시부터 8시까지 수학을 공부합니다. C군은 수학 과목에서 어려움을 겪어 이 과목에 많은 시간을 투자하고 있습니다. 그리고 화, 목 이틀 동안 같은 시간에 영어 과외를 합니다. 방과 후 일주일 동안 영어와 수학 공부를 하는 것이죠.

이뿐만이 아닙니다. 토요일에는 오전 9시부터 12시까지 국어 학원 을 다니고, 점심식사 후 오후 2시부터 5시까지는 과학을 공부합니다. 그럼 일요일에는 푹 쉴까요. 그렇지 않습니다. 일요일에는 일주일 동안 하지 못했던 과목에 집중합니다. 오전에는 논술을 공부하고, 오후에는 바이올린을 켭니다. 일주일 동안 거의 학원에 다닌다고 보면 됩니다.

어떻습니까. 19세기의 독일 교육 풍경이 오늘날 우리 사회의 청소년들의 학원 모습과 너무 닮지 않았습니까. 언젠가 서울 대치동에서 만났던 소설가 조정래는 『풀꽃도 꽃이다』를 통해 한국 교육을 꼬집었지요. 당시 그는 이 소설을 위해 취재 중이었습니다. 『풀꽃도 꽃이다』는 현재의 교육, 교사, 학부모 등 학생들을 둘러싼 상황과 문제점을 예리하게 파헤친 소설로 알려져 있죠. 드라마 〈SKY 캐슬〉이 히트를 치기 전에 이미 그런 문제를 파악하고 묘사했습니다. 조정래 작가는 '산을 보며 큰 나무만이 아니라 나무와 나무 사이 작은 관목과 풀까지도 모두 소중한 존재로 함께 숲을 만들어 간다'는 사실을 말하고 있습니다. 그래서 제목이 『풀꽃도 꽃이다』인 것 같습니다.

다시 『수레바퀴 아래서』로 돌아와서 한스의 취미는 토끼 기르기와 낚시입니다. 산책도 좋아하죠. 하지만 한스는 신학교에 들어가기 위해 취미는 접어두고 공부에 전력투구합니다. 물론 공부가 하기 싫지만 선생님의 자랑거리가 될 생각에 우쭐해가며 참고 또 참습니다. 때론 동네 철공소나 치즈 가게에 취직하게 될 친구들을 나중에 내려다보게 될 거라는 기대와 자만으로 행복감에 도취되기도 합니다. 현재의 어려움을 극복해 나가기 위한 일종의 자아도취에 이른 것이죠.

이런 과정 속에서 오직 구둣방 아저씨 플라이크만이 쓴 소리를 합니다. 플라이크는 "한스! 이건 죄악이란다. 너만한 나이에는 바깥 공기도 실컷 마시고, 운동도 충분히 하고, 편히 쉬어야 하는 법이라고"라고 말하지만 중과부적이죠. 지금 한스에게 그 말은 귀에 들어오지 않지요.

한스는 주 2등으로 당당히 신학교에 합격합니다. 하지만 학교에서도 우수한 성적을 유지하기 위해 다시 공부에 매진하게 되지요. 요즘식으로 말하면 선행 학습을 하게 되지요. 각 지역에서 똑똑한 아이들만 모이는 신학교에서 우등생이 되기 위해 한스는 쉬지 않고 다시 공부에 몰두하게 됩니다.

처음에 한스는 좋은 성적을 거둡니다. 비교적 첫 단추는 잘 꿴 것이지요. 그러나 교장 선생님이 '아무튼 지치지 않도록 해야 하네. 그렇지 않으면 수레바퀴 아래 깔리게 될지도 모르니까'라고 우려한 것이 현실이 되고 맙니다. 한스는 정해진 시간표대로 생활하는 신학교에 적응하지 못합니다. 엄격하고 강압적인 분위기 속에서 겨우 의지했던 친구를 잃고, 건강마저 나빠져 패잔병이 되어 집으로 돌아오고 맙니다.

아버지의 권유로 기계공이 된 한스는 노동을 바탕으로 한 새로운 삶에 적응하려고 노력합니다. 공장 직원들과 술을 마시기도 하고, 노래도 부르지만 불행의 그림자는 점점 한스에게 다가옵니다. 술 취한 채 집에 들어가던 한스는 '영원히 쉬고 싶다'는 생각을 하게 되죠. 불길합니다. 한스는 어떻게 물에 빠졌는지 모르게 다음날 죽은 채 발견됩니다.

그런데 헤르만 헤세는 한스를 꼭 죽여야 했을까요. 죽은 이유조차 분명하지 않습니다. 자살인지, 사고사인지 사인도 정확하지 않지요. 개인적으로 단순한 실수 같지만 자살 같은 느낌도 듭니다. 독자에 따라 다를 것 같습니다.

　한스의 장례식에서 플라이크는 다시 한 번 절규합니다. 그는 한스의 불행에 대해 어른들의 책임을 솔직하게 따집니다. 플라이크는 교장 선생님과 학교 교사들을 가리키며 한스를 죽인 공범이라고 비난합니다. "당신이나 나, 우리 모두 저 아이에게 소홀했던 점이 적지 않을 거예요. 그렇게 생각진 않으세요?" 하지만 때는 이미 늦었습니다. 한스는 이 세상을 떠났습니다.

　『수레바퀴 아래서』는 성장통입니다. 성장통 치고 너무 아픕니다. 치명적이지요. 『수레바퀴 아래서』의 독일과 우리 사회의 교육의 단면은 같아 보입니다. 청소년들의 성장의 아픔을 그리고 있습니다. 이 소설은 어찌 보면 우리 사회의 자화상이기도 합니다. 청소년들에게 가장 큰 스트레스는 바로 공부입니다. 유니세프UNICEF 아동연구조사 기관인 이노첸티연구소의 발표에 따르면 2018년 우리나라 15~19세 청소년 10만 명 당 자살자 수는 7.3명입니다. 조사 대상 41개 국가 중 13번째입니다.

　오직 공부에 매달려 한스처럼 수레바퀴 아래 깔릴까 두려워하는 이 시대 청소년들은 어떻게 공부의 무거운 짐은 내려놓을 수 있을까요. 진정 해결할 방법은 없는 걸까요. 모두에게 묻지 않을 수 없습니다. 오늘을 사는 청소년들은 한스처럼 '수레바퀴 아래서' 힘든 삶을 살아가고 있다는 것을 다시 한 번 느꼈으면 좋겠습니다. 그래야 그들을 이해할 수 있을 것이기 때문입니다.

# 어느 누구도
# 대신할 수 없는 삶

『**데미안***Demian*』
**헤르만 헤세 지음**

헤르만 헤세의 소설『데미안』과 관련해 간단한 퀴즈를 내면서 시작해 보려고 합니다. 질문을 드리겠습니다.

① 『데미안』을 알고 있나요?

② 알고 있다면 '새는 알에서 나오려고 투쟁한다. 알은 세계다. 태어나려는 자는 하나의 세계를 깨뜨려야 한다. 새는 신에게로 날아간다. 신의 이름은 압락사스'라는 문장을 들어보았나요?

③ 『데미안』에서 주인공 싱클레어와 데미안이 절친인 것을 알고 있나요?

퀴즈가 너무 쉽지요. 모두 퀴즈를 맞췄을 것으로 생각합니다. 설령 『데미안』을 읽어보지 못했거나 너무 오래 전에 읽었더라도 방송이나 신문 등을 통해 『데미안』과 싱클레어에 대해 많이 들어봤을 것입니다.

이제 『데미안』 얘기를 해보도록 하겠습니다. 헤세는 『데미안』을 1차 세계대전 중인 1916년에 썼고, 전쟁이 끝난 직후인 1919년 출판했습니다. 당시에는 싱클레어라는 가명으로 이 소설을 출간했고, 나름 작품성을 인정받은 것으로 알려지고 있습니다.

작가들은 종종 필명을 씁니다. 로맹 가리는 에밀 아자르라는 필명으로 유명하고, 마크 트웨인, 조지 오웰, 루이스 캐럴도 필명을 사용했지요. 잘 알려지진 않았지만 이문열, 황석영 등 유명작가도 필명을 사용한다고 알고 있습니다. 왜 필명을 사용할까요. 그건 아마도 이미 알려진 이름이 아닌 작품으로 독자와 평론가들로부터 인정받고 싶기 때문이 아닐까요. 명성이 아닌 작품으로만 평가받겠다는 의지가 들어있다고 볼 수 있습니다.

누구나 알고 있는 소설 『데미안』은 자아의 삶을 추구해 나가는 한 젊은이의 통과의례에 대한 기록입니다. 그래서 그런지 몰라도 소설은 '내 속에서 솟아 나오려는 것, 바로 그것을 나는 살아보려고 했다. 왜 그것이 그토록 어려웠을까'라는 다소 철학적 성찰로 시작됩니다.

번역자가 해설에서 밝힌 것처럼 헤르만 헤세는 한 사람 한 사람의 삶은 자기 자신에게로 이르는 길이며, 누구나 나름으로 목표를 향하여 노력하는 소중한 존재임을 상기시킨다고 설명하고 있습니다.

『데미안』을 상징적으로 대변하는 것은 두 번째 퀴즈에서 언급한 것처럼 '알과 세계'입니다. 즉 압락사스라는 신이지요. 데미안은 어린 시절 두 세계와 직면하게 됩니다. 하나는 부모로부터 비롯되는 세계이며, 다른 하나는 프란츠 크로머로부터 비롯된 세상입니다. 크로머를 만나기 전까지 싱클레어의 세계는 시골 풍경처럼 평화롭고 따뜻했습니다. 하지만 크로머를 만난 뒤 싱클레어의 세계는 무너지죠. 이때 기다렸다는 듯 짠하고 데미안이 나타납니다. 데미안은 놀라운 혜안으로 싱클레어의 위기를 눈치 채고, 크로머의 늪으로부터 그를 구출합니다. 왜 친구들 중에 이런 사람은 항상 있는 것 같습니다.

생각해 보면 이런 광경은 낯설지 않습니다. 예전 중고교 시절 등하교 길에는 온갖 '크로머'가 판을 쳤습니다. 생각해 보면 하굣길에 크로머를 만나지 않은 날이 별로 없습니다. 거의 매일 크로머는 돌아가며 순진한 저를 괴롭혔던 기억이 납니다. 우리 동네 크로머는 "얘! 돈 좀 빌려줘!"라고 말했습니다. 하지만 그건 협박입니다. 분명히 갚을 의사가 없는데도 빌려달라고 했습니다. 저는 200원을 '삥' 뜯겼습니다. 빵 사먹으려던 금쪽같은 돈을 빼앗겼습니다.

잠깐 얘기가 빗나갔지만 『데미안』에서 말하고 있는 알은 무엇일까요. 그건 인간은 사회를 벗어날 수 없고, 보편적인 틀과 통념, 관습으로부터 자유로울 수 없다는 것을 얘기하고 있습니다. 우리가 학교에서 받아온 교육과 가치관, 기성세대에게서 전달되어온 이데올로기, 우리가 알고 있는 많은 지식, 사회적 통념과 관습들은 자연스럽게 우리의 세계를 제한하고 있지요.

어쩌면 사회라는 거대한 세계 속에서 존재하는 것이 인간인지도 모릅니다. 인간은 거대 우주 속에서 빌붙어 사는 미물에 불과하죠. 알의 세계를 깬다는 것이 어렵거나 불가능한 것처럼 인간은 보편적 세계관을 벗어나지 못한 채 살아가는 것입니다. 헤르만 헤세가 얘기하고 싶은 것이 이런 것 아닐까요.

싱클레어는 끊임없이 자신의 세계를 성찰하고, 세계에 대한 의문을 품고, 질문합니다. 그렇게 답을 찾아보지만 우리는 거대한 알에 둘러싸인 채 알을 깨뜨리지 못합니다. 결국, 알이라는 작은 공간 속에서 아등바등 치고받고, 속고속이며 살아가게 되는 것이죠. 친구끼리 노트도 빌려주지 않고, 오직 학교 성적만을 위해 살아갑니다.

많은 사람들이 얘기합니다. 현재는 어른아이 할 것 없이 꿈이 실종된 사회라고 말입니다. 꿈을 얘기하면 비웃기 바쁘고, 상상은 쓸모없는 것으로 치부되기 일쑤죠. 이렇게 되면 자연히 젊은이만의 특징인 성장도 멈추는 것이 아닐까요. 『데미안』은 이런 세태에 울림을 줍니다. 싱클레어는 끊임없는 내면의 방황과 성찰을 통해 진정한 자기 자신을 찾아갑니다. 헤세의 표현대로 '고독의 혹독함'을 느끼며 버티는지도 모릅니다.

'나를 찾아가는 길'은 어떤가요? 무엇보다 기존 규범으로부터의 탈피가 중요합니다. 종교, 도덕 등 낡은 규범들의 속박과 억압에서 벗어나야 합니다. 그래야 진정으로 성장할 수 있지요. 성장통은 불가피합니다. 다른 방법이 없습니다.

『데미안』은 1차 세계대전 직후 엄청난 반향을 일으켰습니다. 전쟁이 휩쓸고 간 암울한 세상 속에서 그 시대 모든 이들에게 '꿈'을 각인시켰기 때문일 겁니다. 예나 지금이나 많은 독자들의 마음을 움직이는 소설이죠.

고백하자면, 저는 지금까지 『데미안』을 네 번 읽었습니다. 지금은 기억마저 희미하지만 고교 시절에 읽은 『데미안』은 온통 크로머에 대한 기억으로 얼룩져 있습니다. 앞에서도 얘기했지만 그때는 한 무리의 크로머가 골목골목마다 넘쳐났습니다.

사회생활을 하면서도 『데미안』이 방송이나 언론에 회자될 때마다 다시 읽었습니다. 하지만 책을 읽기만 했지 나름대로 글로 정리해 보는 것은 이번이 처음입니다.

요즘 젊은 사람이나 성인이나 알을 깨뜨리고 나갈 용기조차 없는 것처럼 느껴지는 것은 저만의 생각일까요. 저도 마찬가집니다. 때론 그런 용기를 내보기도 하지만 곧 주변 사람들의 회유와 설득으로 스스로 용기를 접습니다. 누구나 불확실한 미래에 대해 불안하거나 더나아가 공포를 느끼는 것은 당연합니다. 요즘처럼 포스트코로나 시대를 어떻게 헤쳐 나가야 할지 걱정이 앞서는 것도 당연하죠. 그럴 때일수록 『데미안』을 읽으며 데미안과 싱클레어, 때론 크로머와 대화를 하다보면 어렴풋하게나마 빛이 보일지도 모릅니다.

자아, 즉 자신을 찾기 위한 싱클레어의 여행에 함께 하다보면 '알'을 깨뜨리는 때가 올지도 모릅니다. 우리는 그런 막연한 기대 속에 사는 것이 아닐까요. 우리의 성장은 늘 알깨기를 동반합니다.

# 허위와 가식에 맞서다
# 무너지는 소년

『호밀밭의 파수꾼*The Catcher in the Rye*』
제롬 데이비드 샐린저*Jerome David Salinger* 지음

1980년 12월 8일 뉴욕 맨해튼에서 "탕탕탕탕탕" 하고 다섯 발의 총성이 울립니다. 혹시 이유를 아시나요. 세계적인 밴드 비틀즈의 존 레논이 사망한 순간입니다. 우리의 우상, 존 레논에게 방아쇠를 당긴 이는 마크 체크먼입니다. 그를 체포하니 손에는 뜻밖의 물건이 들려 있었습니다. 한 권의 책이었죠. 바로 제롬 데이비드 샐린저의 『호밀밭의 파수꾼』입니다.

『호밀밭의 파수꾼』은 호밀밭이라는 동심의 세계에서 마구 뛰어노는 아이들이 현실의 벼랑으로 떨어지지 않게 지켜주는 파수꾼이 되고 싶어 하는 홀든 콜필드의 꿈이 담긴 소설입니다. 그래서 그런지 홀린 콜필드는 "내가 할 일은 아이들이 절벽으로 떨어질 것 같으면, 재빨리

붙잡아주는 거야"라고 얘기하죠. 그는 책의 제목처럼 호밀밭의 파수꾼이 되고 싶어 합니다.

『호밀밭의 파수꾼』은 샐린저의 자화상입니다. 그는 세상과 담을 쌓은 채 자신만의 세계 속에 머물다가 떠나간 인물입니다. 은둔 기간에 가족 이외의 누구와도 교류하지 않고, 단 한 편의 작품도 발표하지 않은 것으로 유명하죠.

유명한 영화감독인 엘리아 카잔이 『호밀밭의 파수꾼』을 영화로 만들고 싶다고 찾아왔을 때도 그는 '홀든이 싫어할 것 같다'는 핑계를 대며 영화 제작을 거절했습니다. 쉬운 일은 아니죠. 다른 작가라면 '얼씨구나 좋다!'고 하면서 득달같이 달려들었을지도 모릅니다.

『호밀밭의 파수꾼』은 어른들의 거짓과 위선을 온몸으로 거부하는 16세 청소년 홀든 콜필드가 성적 불량으로 학교에서 퇴학당하고 며칠 동안 뉴욕에서 겪는 좌절과 방황 이야기입니다. 성장소설이죠. 샐린저도 1932년 성적 불량으로 중학교에서 퇴학당하는 아픔을 겪습니다. 그는 프린스턴대학, 컬럼비아대학 등에 적을 두기도 했지만 학교를 떠납니다. 학교와는 인연이 없었지요.

이 책은 미국에서 가장 많이 읽히는 책 중 하나이지만 자주 금서로 낙인이 찍혔습니다. 퇴학을 당하는 주인공의 학창 생활과 음주, 매춘, 동성애 등이 거론된다는 이유 때문이죠. 금서로 지정된 이유가 말이 안 되죠. 웃음이 나오지 않을 수 없습니다.

다른 측면에서 보면 『호밀밭의 파수꾼』은 청소년들의 현실을 가장 잘 반영한 소설이라는 생각이 듭니다. 홀든 콜필드의 방황과 고민을 이해할 수 있죠. 누구나 16살 때는 그렇지 않나요. 바로 이와 같은 이유로 아이에서 어른으로 성장하는 청소년이나 과도기를 겪는 독자들에게 위안과 공감을 주는지도 모르겠습니다.

그런데 이상한 일입니다. 금서로 지정되면 독자가 폭발적으로 증가합니다. 예전을 한번 생각해 보십시오. 저는 대학생이던 당시 금서였던 『전환시대의 논리』, 『열린사회와 그 적들』 등 금서만 골라 읽었던 기억이 떠오릅니다. 아니 금서만 골라 읽었다기보다 선배들이 읽으라는 책은 모두 금서였습니다.

실제 2008년인가 당시 국방부에서 『우리 역사 이야기』, 『나쁜 사마리아인들』 등을 불온도서로 지정했는데 일부 서점에서는 이를 마케팅에 적극 활용하기도 했습니다. '금서 마케팅'인 셈이죠. 사람들은 읽지 말라고 하면 악착같이 찾아 읽지요. 저도 그런 청개구리 같아서 당시 금서 중 상당수를 읽었습니다.

다시 『호밀밭의 파수꾼』으로 돌아와서 홀든 콜필드는 '피터팬'과 비슷한 캐릭터입니다. 그는 허위와 가식을 '성장', '성숙'으로 포장하는 어른을 거부하고, 겉과 속이 같은 '순수한', '천진난만한' 아이로 남으려고 몸부림칩니다. 하지만 그건 말처럼 쉬운 일이 아니죠. 홀든은 호밀밭이라는 동심의 세계에서 마구 뛰어노는 아이들이 현실의 벼랑에 떨어지지 않게 지켜주는 파수꾼이 되고 싶다는 꿈을 갖지요. 네버랜드의 수호자인 피터팬처럼 말입니다.

때론 '성장'이나 '성숙'은 샐린저의 관점에서 볼 때 타락일 수도 있습니다. 호밀밭에서 노는 아이들이 낭떠러지 밑으로 추락하는 것이 청년이 되는 길로 작가는 인식할 수도 있습니다. 『호밀밭의 파수꾼』에서는 많은 일이 일어납니다. 홀든이 거리에서 만나는 다양한 사람들, 호텔 보이에게 매춘녀를 소개받고 벌어지는 사기사건, 좋아하는 제인이 아닌 샐리에게 사랑을 고백하고 후회하는 일 등 2박 3일 동안 수많은 일이 벌어지죠. 하기야 예능 〈1박 2일〉에서도 무척 재미있는 일이 벌어지잖아요. 2박 3일이면 아주 다양한 흥미진진한 일들이 벌어지기에 충분합니다.

홀든은 혼란을 겪으며 현재 상황을 불평하고, 미래에 대해 어둡게만 보곤 합니다. 혼돈과 혼란 속에서 거리에서 모금하는 수녀들에게 기부를 하기도 하고, 연못의 오리들이 겨울이면 어디에서 지내는지 걱정하기도 합니다. 겨울 오리 말입니다.

오리는 겨울 동안 어디서 지내는지 아시나요. 제가 근무하는 한국지질자원연구원 인근 한국과학기술원KAIST에는 소위 '오리 연못'이 있습니다. 오리도 무척 많지요. 겨울 동안 오리들이 어떻게 지내는지 KAIST 친구에게 물어봐야겠습니다. 오리는 겨울 동안 어디에서 뭘 하며 지내죠?

홀든은 앤톨리니 선생님을 찾았다가 그가 홀든의 눈높이에 맞춰 얘기하되 어른으로서 해야 할 말을 잊지 않습니다. "학교 교육이란 자신이 가지고 있는 사고의 크기를 알게 해주고, 거기에 맞게 이용하게 해주는 거야"라고 선생님은 말합니다. 다시 혼자가 된 홀든은 정신적으로 혼돈을 느끼고, 결국 서부로 도피해 귀머거리 행세를 하며 살아갈 결심을 합니다. 중대 결단을 내리죠. 마지막으로 사랑하는 동생 피비를 만나고 싶어 쪽지를 보냅니다. 가방을 싸들고 나타난 피비가 '나도 서부로 갈 테야'라고 하자 홀든은 사랑하는 동생을 말리다가 결국 집으로 돌아가고 맙니다. 피비의 연기에 홀든이 당한 건가요.

누구나 청소년기에는 방황을 하게 됩니다. 어른이 되어서도 흔들리는 이들이 많습니다. 어쩌면 그게 인생인지도 모르겠습니다. 청소년이나 어른이나 혼돈에 빠지기도 합니다. 그 혼돈의 시기를 지혜롭게 넘기고 삶을 잘 다져야 '절벽 옆에서 노는 위험한 아이를 구하는 멋진 어른'이 될 수 있습니다.

『호밀밭의 파수꾼』을 읽고 글을 쓰면서 자연스럽게 저의 청소년 시절을 떠올려 봅니다. 저는 혼돈과 좌절을 겪을 때면 주로 부산 태종대를 찾았습니다. 지금은 역사 속으로 사라진 대전 발 0시50분 완행열차를 타고 부산으로 떠났습니다. 태종대는 저의 호밀밭이었습니다.

부산진역에서 해장국을 먹고 버스를 타고 바닷가로 가면 마음이 어느 정도 가라앉습니다. 끝도 없는 바다를 보면 마음이 안정됩니다. 혼돈에 빠졌을 때는 여행을 떠나면 작은 돌파구는 마련할 수 있는 것 같습니다. 그래서 모두 힘들고 괴로울 때는 트렁크를 꺼내어 짐을 꾸립니다. 그리고 어디론가 떠납니다. 호밀밭을 찾아서.

# 수렁에서 늪으로
# 빠져드는 청춘

『노르웨이의 숲 ノルウェイの森』
무라카미 하루키 지음

　　무라카미 하루키의 『노르웨이의 숲』은 현대인의 고독과 청춘의 방황을 그린 소설입니다. 『노르웨이의 숲』은 1987년 발표된 후 일본은 물론 세계적으로 하루키를 유명 작가로 만든 소설이죠. 국내에서는 1989년 문학사상사에서 『상실의 시대』라는 제목으로 출간된 후 민음사가 세계문학전집 310번으로 『노르웨이의 숲』을 출간했습니다. 여기서 의문이 드는 것은 『노르웨이의 숲』이 세계문학전집에 속할까 하는 점입니다. 하지만 이런 판단은 문학평론가에게 맡기겠습니다. 여기서 제가 이러쿵저러쿵 하지는 않겠습니다.

　　저는 앞에서 헤르만 헤세의 『수레바퀴 아래서』와 『데미안』을 살펴본 데 이어 샐린저의 『호밀밭의 파수꾼』도 같이 읽었습니다. 앞의 세

작품이 10대의 방황과 좌절을 그린 것이라면 『노르웨이의 숲』은 열아홉에서 스무 살로 넘어가는 시기의 삶을 그린 작품입니다. 하루키 식으로 표현하자면 10대는 '수렁', 20대는 '새로운 수렁', '늪'에서의 삶을 그렸다고 할 수 있지요.

『노르웨이의 숲』을 살펴볼까요? 서른일곱 살 와타나베가 탄, 함부르크 공항에 착륙하려는 비행기에서 비틀즈의 노래 '노르웨이의 숲'이 흘러나옵니다. 노래 제목이 소설 제목으로 변신한 거죠. '노르웨이의 숲'을 들으며 주인공 와타나베는 혼란에 빠져 18년 전 기억을 떠올립니다. 전형적인 20대 성장 소설이지요. 저는 주인공 와타나베에 완전히 감정이입 되어 점점 책에 빠져들었습니다. 나가사와와 하쓰미 사이에서의 와타나베, 기즈코와 나오코 사이에서의 와타나베는 20대 청춘 시절의 저를 연상시켰습니다. 저는 편의상 '편한 깍두기'라고 칭하려 합니다. 무슨 얘긴가 하면 두 남녀 사이에 낀 사람이라는 의미입니다. 대학 시절, 저는 이상하게 데이트하는 연인과 같이 식사하고, 커피 마시며, 놀았습니다. 심지어 셋이서 영화도 보러갔습니다. 친구는 '네가 있는 것이 좋아'라고 말했는데 지금에야 그 말은 사실이 아닐지도 모른다는 생각이 드는군요.

『노르웨이의 숲』에는 이름만으로도 친숙한 미도리라는 인물이 나옵니다. 미도리는 대학 강의실에서 만난 여자 친구인데, 와타나베에겐 그보다 먼저 고등학교 때 만난 나오코가 있습니다. 와타나베와 나오코는 모두 기즈키에 대한 깊은 상처를 갖고 있지요. 요즘 흔히 말하는 마상(마음의 상처) 말입니다.

고등학교 3학년 5월 어느 날, 기즈키는 오후 수업을 땡땡이치고 당구나 치러 가자고 와타나베를 꼬시죠. 와타나베는 쉽게 넘어갑니다. 아마 당신에게 그런 유혹이 오면 뿌리치기 힘들 겁니다. 누구나 그렇죠. 기즈키는 첫 게임을 지자 갑자기 진지한 자세로 돌변해 나머지 세 게임을 모두 이깁니다. '오늘은 지기 싫었거든'이라는 푸념 섞인 말이 기즈키가 남긴 마지막 말입니다. 어떻게 된 것인가요. 기즈키는 그날 밤 자기 집 차고에서 자살합니다.

유일한 단짝을 잃은 와타나베는 특별히 공부하지 않아도 들어갈 수 있는 대학을 골라 별다른 느낌 없는 대학 생활을 시작합니다. '모든 걸 너무 심각하게 생각하지 않는 것, 모든 것과 나 사이에 적절한 거리를 두는 것'이 와타나베의 삶의 철학이 되어버렸습니다.

아마도 그렇게 하지 않고는 기즈키의 자살로 인한 죽음의 공포를 감당해내지 못했기 때문입니다. 하지만 기즈키가 보여준 죽음을 외면할 수는 없었을 것입니다. 체념하고 받아들입니다. 와타나베는 '죽음은 삶의 대극에 있는 것이 아니라, 우리 삶 속에 잠겨 있다'고 혼자 되뇌입니다.

주인공 나오코의 사정도 별반 다르지 않지요. 초등학교 때 고등학생이었던 언니의 자살을 목격한데다 소꿉친구로 지내던 기즈키마저 잃은 나오코는 어떠했을까요. 나오코와 와타나베는 대학생이 되어 연인인 듯 친구인 듯, 친구인 듯 연인인 듯 지내지만 나오코의 청춘의 병은 깊어져 결국 자살에 이르고 맙니다.

도대체 왜 이렇게 자살을 하는 걸까요? 이 대목에서 저는 하루키가 밉습니다. 제 자신을 돌이켜봐도 열아홉, 스무 살에 상실의 시대를 사는 것은 너무도 당연하지 않은가요. 그런데 하루키는 왜 그렇게 자살을 시키는지 모르겠습니다. 소설 속에서 사람을 죽이면 작가에게는 살인죄가 성립되지 않아서 그런 것 같습니다. 사람을 죽여도 작가는 무죄입니다.

10대, 20대를 지내며 자살이란 단어를 떠올리지 않는 청춘은 없을 겁니다. 자살하고 싶을 때가 많지만 때론 두려워서, 부모님의 눈물이 아른거려서, 실행할 용기가 없어서, 내일은 나아지겠지 하고 살아가는 것 아닌가요. 삶은 주어졌으니 그냥 살아가는 것이 아니겠습니까. 인간은 그렇게 좀 구질구질하게 살아가는 것 아닌가요.

하루키가 소설에서 표현한 것처럼 '한 걸음 움직일 때마다 신발이 쑥 빠져 버릴 것 같은 깊고 무겁고 끈적거리는 수렁, 그 진흙탕 속을 나는 식은땀을 흘리며 걸어갔다'고 말하듯 그냥 살아가는 것입니다. '끝도 없이 시커먼 진흙탕'은 계속 이어집니다. 그것이 인생입니다.

1970년대 고도성장기로 진입하게 된 일본 사회의 모습을 하루키의 소설은 비록 노골적이지 않지만 은연중에 암시하고 있습니다. 『노르웨이의 숲』에서는 그렇게 변화해 가는 현실에 대한 세 가지 대응 태도가 나타납니다.

그 인물은 바로 와타나베의 기숙사 선배이며 외교관이 되는 나가사와입니다. 그는 수재지만 교양 있는 속물이죠. 자살한 다른 사람과는 다른 삶을 살아갑니다. 여기에 기즈키나 나오코가 보여주는 좌절은 또 어떤가요. 그들은 사회적 현실로서의 진입을 거부합니다. 자살이죠. 반면 와타나베는 과거에 대한 충실성을 보여주며 계속 살아가는 것입니다.

개인적으로 저에게 마음이 가는 주인공을 선택하라면 당연히 와타나베입니다. 기즈키와는 달리 '고결한 죽음'보다는 '평범한 삶'을 선택한 와타나베의 손을 들어주고 싶습니다. 평범한 삶이 고결한 죽음보다 더 낫지 않은가요. 저는 평범한 삶에 한 표를 던지겠습니다. 당신의 선택은 어떤가요.

개인적으로 20대의 삶을 그린 작품 중 가장 기억에 남는 소설을 꼽으라면 김신의 『대학별곡』이라 말하겠습니다. 『대학별곡』은 1983년 〈소설문학〉 장편 공모 당선작으로 80년대 학번들이 대학 생활에서 겪은 고뇌와 방황을 그린 작품입니다. 그 당시 최고의 베스트셀러였습니다.

전 『대학별곡』을 밤을 꼬박 새우며 읽었습니다. 그리고 여러 차례 전율했습니다. 격하게 공감했죠. 지금도 기억은 아득하지만 그때 마치 제 자신을 대변하는 듯한 주인공 박찬기의 말과 행동은 잊히지 않습니다. 더구나 대학 재학 중 읽었기 때문에 대학 시절의 환희와 도취, 그리고 사랑을 그린 이 성장 소설을 잊지 못하는 것 같습니다. 아마 386세대 중 『대학별곡』 향수를 갖고 있는 사람은 꽤 될 것입니다.

우연일까요, 필연일까요. 『노르웨이의 숲』을 보면 앞에서 언급한 『수레바퀴 아래서』와 『호밀밭의 파수꾼』이 등장합니다. 와타나베는 미도리의 부엌 테이블에서 맥주를 홀짝거리며, 중학교 이후 8년 만에 『수레바퀴 아래서』를 읽지요. 그는 미도리를 재우고, 밤을 꼬박 새우며 『수레바퀴 아래서』를 다 읽은 후 집을 떠납니다.

앞서 와타나베가 요양원을 방문했을 때 나오코의 룸메이트인 중년 여성 레이코가 와타나베에게 "자기, 뭐랄까 말투가 참 묘하네. 『호밀밭의 파수꾼』에 나오는 남자애 흉내라도 내는 것 같아"라고 말하죠.

이런 언급은 자연스럽게 『노르웨이의 숲』을 읽으며 전에 읽었던 『수레바퀴 아래서』와 『호밀밭의 파수꾼』을 떠올리게 합니다. 서로 주인공을 비교하게 만듭니다. 영어권 독자들이 『노르웨이의 숲』을 왜 하루키 판 『호밀밭이 파수꾼』이라 부르는지 알 수 있을 것 같습니다. 이제 조금 고개가 끄덕여집니다.

# '감정을 느끼지 못하는' 소년의 아픔

『아몬드』
손원평 지음

책에는 베스트셀러도 있고, 스테디셀러도 있습니다. 전자는 말 그대로 잘 팔리는 책이고, 후자는 꾸준히 독자들의 사랑을 받는 책이죠. 그런데 최근 코로나셀러라는 말이 생겼습니다. 손원평 작가의 『아몬드』가 대표적인 코로나셀러죠. 『아몬드』는 베스트셀러, 스테디셀러, 코로나셀러인 셈입니다. 무려 3관왕이네요.

이 책은 제10회 창비청소년문학상을 수상했습니다. 2017년 3월 출간돼 국내에서 베스트셀러가 되었고, 2020년에는 일본 서점 직원들이 뽑는 제17회 일본서점 대상 번역소설 부문에서 1위를 차지하기도 했습니다.

그런데 코로나19로 중고교의 개학이 늦어지며 독후감 과제로 『아몬드』가 언급되면서 중고교 필독도서로 자리를 잡았습니다. 도서관도 문을 닫으면서 책을 빌려볼 수도 없는 상황에서 책 판매는 더욱 늘었다고 합니다. 코로나19로 책 판매가 증가한 코로나셀러입니다. 요즘 서점가는 『아몬드』를 비롯해 『시간을 파는 상점』, 『마음을 읽는 아이 오로르』 등 청소년 필독서가 독자의 사랑을 듬뿍 받고 있다고 합니다.

이제 코로나셀러 『아몬드』를 음미해 보겠습니다. 그런데 왜 제목이 아몬드일까요. 그건 머릿속에 아몬드처럼 생긴 편도체_amygdala_가 정상보다 작아서 생긴 감정 표현 불능증, 즉 알렉시티미아_Alexithymia_를 앓는 윤재가 주인공이기 때문입니다. 편도체는 뇌의 변연계_limbic system_에 속하는 뇌 기관의 일부로 감정, 학습, 동기와 관련된 정보를 처리하는 역할을 하지요. 아몬드_almond_처럼 생겼다고 해서 'amygdala'라는 이름이 붙었습니다. 편도체는 공포나 화 등 감정과 관련된 학습 과정에 중요한 역할을 합니다.

『아몬드』는 '괴물인 내가 또 다른 괴물을 만나는 이야기'라고 프롤로그에 나오듯 전혀 다른 괴물 간의 성장 이야기입니다. 주인공 윤재는 선천적으로 감정 표현을 할 수 없습니다. 하지만 감정의 세계를 향해 힘겹게 발을 내딛는 '착하고 예쁜' 괴물이죠.

반면 그와 다른 괴물이 있습니다. 곤이입니다. 그는 소년원에서 출소한 후 폭력을 일삼는 '난폭하고 사나운' 괴물입니다. 이 괴물 사이에는 도라라는 여학생이 등장합니다. 그녀는 꽃과 향기, 꿈과 사랑을 전하는 메신저이죠.

'감정을 느끼지 못하는' 윤재를 위해 엄마와 할머니는 그에게 감정을 가르치고자 노력합니다. 그래서 초등학교 때는 별다른 어려움 없이 그럭저럭 지낼 수 있었죠.

하지만 사건은 터지고 말죠. 윤재의 열여섯 번째 생일인 크리스마스이브 저녁, 사회에 대한 분노가 폭발한 괴한이 칼로 할머니를 찌르고, 망치로 엄마를 내리칩니다. 이 사고로 할머니는 돌아가시고, 엄마는 식물인간이 되죠. 엄마가 입원한 병원에서 윤재는 윤 교수로부터 시한부 인생인 아내를 위해 자신의 아들처럼 행동해 달라는 부탁을 받고 그대로 행동합니다. 하지만 이건 무슨 운명의 장난인가요. 며칠 후 윤재는 윤 교수의 진짜 아들인 곤이를 만나게 됩니다. 서로를 괴물이라고 생각한 두 사람은 부딪치지만 호기심을 갖기도 합니다.

하지만 윤재와 곤이는 친구가 되어 서로에게 없는 것을 채워주고 일깨워 가며 성장합니다. '감정이 없는' 윤재와 '사랑이 부족한' 곤이는 보완 관계에 있지요. 둘은 그렇게 성장해 갑니다.

이 책에는 헤르만 헤세의 『데미안』과 제롬 데이비드 샐린저의 『호밀밭의 파수꾼』이 등장하기도 합니다. 그래서 더 반가웠습니다. 뒤에 나오는 『사랑의 기술』도 언급되지요.

『아몬드』는 『데미안』을 연상시킵니다. 『데미안』에서 크로머와 데미안의 세계에서 갈등하는 싱클레어처럼, 윤재는 어른과 청소년 사이

에서, 그리고 정상과 비정상의 경계에서 고민하며 성장합니다. 싱클
레어에게 크로머가 있었다면, 윤재에게는 곤이가 있지요.

『아몬드』는 감정을 느끼지 못하는 한 소년의 특별한 성장 이야기
이자 타인을 평가하는 사회적 기준과 통념을 되돌아볼 수 있는 책입
니다. 감정 없는 삶을 살아가는 주인공을 통해 감정 가면을 쓰고 살아
가는 우리의 모습이 얼마나 위선인지 깨닫게 합니다.

책 표지와 내지에는 한 소년(물론 저는 윤재라고 생각하지만)이 자꾸만 쳐
다봅니다. '감정을 느끼지 못하는' 소년인데, 자꾸 그의 얼굴이 떠오르
는 이유는 무엇일까요.

저는 『아몬드』에서 책과 책방을 묘사한 대목을 좋아합니다. 손원
평 작가는 책은 영화나 드라마, 혹은 만화와 다르다고 얘기합니다. 책
에는 빈 공간이 많기 때문이라면서 단어 사이도 비어 있고, 줄과 줄 사
이도 비어 있어 그 안에 들어가 앉거나 걸을 수 있다고 말합니다.

할머니의 말을 빌어 책방도 묘사하죠. 책방은 수천수만 명의 작가
가 산 사람, 죽은 사람 구분 없이 다닥다닥 붙어 있는 인구 밀도가 높
은 곳이라고 설명합니다. 책은 펼치기 전까지 죽어 있다가 펼치는 순
간부터 이야기를 쏟아낸다고도 덧붙이고 있습니다. 어때요. 멋지죠?

아마도 책을 좋아하는 사람들은 손원평 작가의 책과 책방에 대한
설명에 배시시 미소를 지었을 겁니다. 정말 멋진 표현입니다.

# Chapter 5

**소통(疏通)**

사람의 마음을
움직이는 건?

김창옥을 아시는지요. 그가 재미있다고 해서 개그맨이라고 생각하면 안 됩니다. 그는 교수님이자 소통전문가죠. 강연할 때마다 남녀 간, 가족 간 소통법에 대해 재미있게 들려주기 때문에 귀에 쏙쏙 들어옵니다.

　저도 대전에서 한 번 그의 강의를 들었는데 배꼽이 빠지는 줄 알았습니다. 일명 배꼽 실종사건! 그의 강의를 들으면 가끔 배꼽이 잘 있는지 확인해야 하는 단점이 있지요. 그런데 김 교수가 어떻게 소통전문가가 되었을까요. 그는 자신의 어두운 과거가 소통의 밑바탕이 되었다고 얘기합니다. 김 교수는 '청각장애가 있던 아버지는 화투를 좋아했고, 사이가 안 좋았던 어머니와는 결국 이혼했'면서 이 과정에서 소통을 알았다고 얘기합니다. 그는 '우울한 얼굴로 지냈는데 이런 상태로 친구들을 만날 수 없어 감정에 화장을 했고, 그게 진해져 가면이 됐다'면서 이런 경험에서 나온 이야기를 하다 보니 어느새 소통전문가가 됐다고 말합니다.

　김 교수는 여러 권의 책을 냈는데 소통의 중요성을 강조하고 있습니다. 『유쾌한 소통의 법칙 67』에는 그의 소통 노하우가 고스란히 담겨 있습니다. 짧은 67개의 글로 구성됐는데 소통에 대해 알고 싶은 사람은 읽어보면 좋을 것 같습니다. 앞부분에 이런 얘기가 나옵니다.

소통이 안 되는 가장 큰 이유는 새의 날개를 묶어놓고 발로 뛰어가는 것이 가장 빠르다고 생각하기 때문이다. (9쪽)

소통은 중요합니다. 남녀 간, 부부 간의 소통은 더욱 그렇죠. 한 언론의 보도에 따르면 부부 간 소통이 부족할 때 사망률이 높다고 합니다.

스코틀랜드 에든버러대학 심리학과 연구팀이 배우자와 함께 살거나 살았던 25~74세 사이의 1,200명을 대상으로 그들의 배우자가 그들을 얼마나 이해하고 있는지, 어떻게 보살피고 있는지 평가하도록 했습니다. 분석한 결과, 일상적인 스트레스 사건에 적절히 대처하지 못하는 사람은 그들의 배우자가 자신을 이해하고 보살펴주지 않는다고 느끼는 경향이 컸습니다. 동시에 연구가 진행된 20년 내 사망할 확률이 42%나 더 높았습니다. 연구자들은 일상적인 스트레스로 인한 부정적인 감정을 잘 대처하지 못하는 사람은 그의 배우자가 이야기를 잘 들어주지 않는 등 소통의 부재와 관련이 크다고 설명했습니다.

10여 년 전부터 우리 사회에 유행처럼 퍼진 말이 있습니다. 벌써 눈치 채셨지요. 그렇습니다. 바로 소통입니다. 의사소통을 말하는 것으로 커뮤니케이션*communication*이라고도 합니다. 지금도 그렇지만 모든 것이 소통으로 통하던 시절이 있었습니다.

처음 소통이 두각을 나타낸 것은 인터넷 방송의 출현이었습니다. 이 방송은 실시간 방송 주체에게 채팅 메시지를 보낼 수 있다는 점에서 소통 수단으로 각광을 받았습니다. 일방향 방송이 아닌 쌍방향 방송을 취한 것이죠.

조직 내에서나 개인 생활에서나 세대 간에도 소통은 중요합니다. 중요하다는 것에 대해 이의를 제기할 사람은 없을 것 같습니다. 하지만 소통은 생각하는 것만큼 쉽지 않습니다. 문제는 여기에 있죠. 말로만 소통한다고 해서 상대방과 원활한 커뮤니케이션을 한다고 할 수는 없는 일입니다.

왜냐하면 소통은 일시에 이룰 수 없기 때문입니다. 소통은 짧은 시간 동안 이룰 수 있는 것이 아닙니다. 긴 시간 동안 지속적으로 끊어지지 않는 것이 바로 소통입니다. 소통은 단거리 경주가 아니라 장거리 레이스입니다. 100m 달리기를 하는 것이 아니라 42.195km를 뛰어야 하는 마라톤입니다.

어떤 조직은 소통의 중요성을 강조하며 구성원들에게 '소통 문화'를 강조합니다. 하지만 앞에서도 얘기해지만 일시적으로 성과를 얻기 위한 방안으로 소통을 강조하기도 합니다. 이런 방법으로는 성과를 거두기가 힘들죠. 소통에서 가장 중요한 것은 무엇보다 '타이밍'입니다. 적절한 시기를 놓치면 소통하기가 어렵습니다. 성과를 기대하기도 힘들죠. 최고의 시기에 소통을 발휘하는 것이 중요한 요소라고 할 수 있습니다. 타이밍을 놓치지 않기 위해서는 단순히 때를 맞추는 문제가 아니라 조직 구성원들의 다양한 이슈를 파악하고 문제점을 해결하려는 의지가 필요합니다. 그렇게 해야 진정한 성과를 거둘 수가 있지요.

소통의 반대는 무엇일까요? 불통입니다. 자기의 생각이나 태도의 옳고 그름을 떠나 바꾸기를 싫어하고 일이나 행동을 계속하는 행위입니다. 이와 같은 불통으로는 융합할 수 없지요. 갈등과의 문제 해결과는 거리가 있습니다.

저는 소통하면 프랑스 철학자 질 들뢰즈의 리좀*rhizome* 개념이 연상됩니다. 리좀은 위계질서와 상관없이 서로 연결하고 접속하는 네트워크 구조를 말하죠. 리좀의 개념 속에서 소통이 발현한다고 할 수 있습니다. 질 들뢰즈·펠릭스 가타리는 『천 개의 고원』에서 '리좀은 시작하지도 않고 끝나지도 않는다. 리좀은 언제나 중간에 있으며 사물들 사이에 있는 사이 존재이고 간주곡'이라고 설명하고 있습니다.

지금도 사회의 중요한 화두 중 하나는 소통입니다. 최근 서점에 가 보면 코로나19로 인해 비대면 시대의 새로운 형태의 소통 방식에 대한 논의가 활발하게 진행되고 있는 것을 볼 수 있습니다. 저는 그래서 김용섭의 『언컨택트』와 『김미경의 리부트』를 살펴보았습니다. 저도 남들에게 뒤떨어지지 않고 살아남으려면 시대 흐름을 잘 파악해야 하지요. '나 때는 말이야'라는 말만 해서는 소통이 안 됩니다. 당신이 즐기는 '라테'는 다른 사람이 싫어할 수 있습니다. 아메리카노를 좋아할지, 에스프레소를 좋아할지 잘 살펴봐야 합니다. 저처럼 라테보다 아메리카노를 좋아하는 사람은 많습니다. 그렇지 않습니까. 나이가 들어가면서 다른 사람들의 입장을 이해하는 것이 중요하다는 것을 절실히 느낍니다.

사회가 요구하는 소통 방식도 달라지고 있습니다. 현재 우리 사회는 대면 사회에서 비대면 사회로 이동 중입니다. 소통이라는 키워드가 그 어느 때보다 중요한 단어가 되고 있지요. 우리를 둘러싼 환경이 급격히 바뀌고 있는 것을 절감합니다.

# 몇 번을 더
# 읽어야 할까?

## 『참을 수 없는 존재의 가벼움 _L'Insoutenable Legerete de l'etre_』
### 밀란 쿤데라 _Milan Kundera_ 지음

저는 지금까지 밀란 쿤데라의 『참을 수 없는 존재의 가벼움』을 다섯 번 읽었습니다. 제가 가장 많이 반복해서 읽은 책 같습니다. 책장에는 같은 책이 두 권이나 나란히 꽂혀 있지요. 『참을 수 없는 존재의 가벼움』을 같은 책으로 세 번 읽었더니 온갖 형광펜으로 밑줄을 긋고, 메모를 하고, 느낌을 적어서 한마디로 너무 지저분한(?) 책이 되어버렸습니다. 개인적인 독서 행태가 '지저분한 독서'라고 하더라도 너무하다는 생각이 들었습니다. 여기서 말하는 지저분한 독서는 메모 또는 낙서 등으로 다른 사람이 빌려볼 수 없는 더러운(?) 독서를 말합니다.

이 지저분한 독서가 다 좋은데 단점도 있습니다. 다음에 책을 읽을 때 선입견을 갖게 되는 것이죠. 아주 새롭게 책을 만나는 데 방해가 됩니다. 밑줄, 메모 등을 보면 예전 책을 읽을 당시에 매몰될 수 있습니다.

여기에 같은 책을 여러 번 읽다보니 책의 제본도 엉망이 되어 같은 책으로 다시 읽을 수 없게 된 것이죠. 책은 곧 폐기 처분 직전이었습니다. 그래서 네 번째 읽을 때는 새로 책을 샀습니다. 『읽는 인간』에서 오에 겐자부로가 말한, 여러 가지의 색연필로 책에 밑줄을 그으며 독서한다는 구절을 따라한 것인데 이런 결과를 초래할 줄은 몰랐습니다.

저는 밀란 쿤데라 또는 『참을 수 없는 존재의 가벼움』과 추억이 참 많습니다. 다섯 번 읽은 책, 『참을 수 없는 존재의 가벼움』을 같이 생각해 볼까요. 이 소설은 토마시, 테레자, 사비나, 프란츠 등 네 주인공의 연애 이야기입니다. 하지만 단순한 연애소설이 아니라 그 속에는 사랑은 물론 철학, 역사, 정치 등 문학에서 다룰 수 있는 모든 이야기가 담겨 있습니다.

어떤 이는 『참을 수 없는 존재의 가벼움』을 읽기 좋게 만든 '비빔밥'이라고 합니다. 한 주제만을 다루는 것이 아니라 다룰 수 있는 거의 모든 것을 언급하고 있다고 말이죠. 철저한 사랑 이야기 속에 심오한 인생관, 시대적 통찰, 혜안을 담고 있다고 할 수 있죠. 단순한 사랑 이야기라면 30여 년 동안 이토록 많은 사람에게 회자되지는 않았을 겁니다. 저처럼 몇 번씩이나 다시 읽는 사람들이 부지기수입니다.

체코 의사인 토마시는 프라하에 살고 있습니다. 우연히 간 보헤미아 술집에서 알게 된 테레자에게 명함을 건네고, 나중에 프라하로 찾아온 그녀와 평생을 함께 보내게 됩니다. 토마시의 삶을 관통하는 키워드는 '가벼움'입니다. 무거움이 아니죠. 『참을 수 없는 존재의 가벼움』은 '가벼움과 무거움의 갈등'으로 전개됩니다. 가벼움과 무거움의 갈등에서 어느 것이 옳다고 할 수는 없습니다. 우리 모두의 삶은 단 한 번뿐이기에 다른 사람과 비교될 수도 없고, 반복도 일어나지 않는다고 봐야 합니다.

니체의 말대로 우리의 삶이 무한히 반복된다면 모든 동작 하나하나가 견딜 수 없는 책임으로 연결될 것입니다. 저도 개인적으로 그런 것은 싫습니다. 하지만 한 번의 삶이란 오직 한 번뿐이기에 옳고 그름을 따질 수 없다고 생각하는 것이 토마시의 철학이죠. 니체의 영원회귀의 사상입니다. 소설에서는 '인간의 삶이란 오직 한 번만 있는 것이며, 한 번만 있는 것은 전혀 없었던 것과 같다'로 표현됩니다. 아마 『참을 수 없는 존재의 가벼움』을 읽은 사람이라면 이 문장에 밑줄을 그었을지도 모릅니다.

이런 토마시에게 테레자가 짜잔 하고 나타납니다. 술집에서 건넨 명함을 보고 찾아온 것입니다. 그녀에게 사랑 이상의 감정을 느낀 토마시는 테레자를 받아들이고 같이 살게 됩니다. 술집에서 명함을 준 것이 이렇게 큰 사건으로 비화될 줄은 몰랐습니다. (술집에서는 명함을 줘서는 안 될까요.)

또 다른 연인 사비나와 프란츠가 있습니다. 사비나는 토마시의 옛 애인이죠. 프라하에서 살던 그녀는 스위스 제네바로 망명하게 되고, 그곳에서 만난 프란츠는 아내가 있는 남자입니다. 그는 외국의 강연 초청을 핑계로 사비나와 동행하며, 사랑을 나눕니다. 사비나는 끈질기게 자신을 따라다니는 조국과 역사의 그림자에서 벗어나 자유롭게 살고 싶어 하며, 안정된 일상을 누리던 프란츠는 그런 사비나의 '가벼움'에 흠뻑 빠져듭니다.

결론적으로 토마시에게 테레자는 무거움이요, 사비나는 가벼움이죠. 토마시와 사비나는 가벼움, 테레자와 프란츠는 무거움입니다. 그러나 무거운 테레자, 가벼운 사비나의 사랑을 두고 비교할 수는 없는 것이죠. 이것은 애초 비교 대상이 아닙니다. 각자 사랑의 방식은 존중돼야 합니다.

밀란 쿤데라가 토마시를 통해 보여주는 '가벼움과 무거움의 갈등'은 역사에 대한 고민으로 이어집니다. 공산 체제 아래서 자유를 갈망하던 시대를 살며 작가는 역사의 의미를 고민했을 것입니다. 이데올로기라는 것이 과연 그만큼의 가치가 있는 것인지 끊임없이 사유했을 겁니다. 결과적으로 공산주의 이념이 가진 모순들로 구소련은 붕괴되었지만 그 시대가 옳은지, 그른지 섣부르게 판단할 수는 없습니다. 우리 삶이 한 번뿐이듯 역사도 단 한 번으로 지나가기 때문이죠.

『참을 수 없는 존재의 가벼움』에는 '이해받지 못한 말들의 조그만 어휘집'이라는 부분이 있습니다. 앞부분에는 여자, 정조와 배신, 음악, 빛과 어둠이 나오고, 뒷부분에는 행렬, 뉴욕의 아름다움, 사비나의 조국, 공동묘지가 열거되지요. 처음에는 잘 몰랐지만 어휘 부분은 읽을수록 의미심장합니다. 아버지가 떠나고 혼자 남게 된 어머니 밑에서 자란 프란츠는 '정조'를 으뜸으로 여기지만 사회주의 아래에서 살아온 사비나는 '배신'을 꿈꿉니다. 그녀에게 '배신'이란 억압된 세계에서 벗어나 바깥으로 나가는 것을 의미하죠. '사랑'에 '정조'가 반드시 수반되어야 하는 테레자와 '사랑'에 '정조'는 빠져 있는 육체적 사랑을 추구하는 토마시는 서로 살며 '사랑'은 나누지만 '정조'를 공유하지는 않습니다.

다른 어휘를 한번 볼까요. 프란츠와 사비나에게 '음악'은 전혀 다른 의미를 갖습니다. 프란츠에게 음악은 해방이지만 사비나에게는 야만적인 소음에 불과할 뿐이죠. 그에게 '행렬'이란 답답한 삶에서 벗어나는 행복한 일탈이지만, 이를 강요받은 그녀에게는 혐오의 대상일 뿐입니다. 사람마다 다른 사전의 정의, 어떻게 생각하시나요.

『참을 수 없는 존재의 가벼움』은 여러 번 곱씹으며 읽으면 전에는 보지 못했던, 간과했던 의미를 찾아내는 재미가 쏠쏠합니다. 고전은 그래서 여러 번 읽어야 그 진가를 알 수 있다는 말이 있는지도 모르겠습니다. 저는 앞으로 『참을 수 없는 존재의 가벼움』을 몇 번 더 읽을까요. 제 글쓰기 스승인 김운하 소설가는 열 번 이상 읽었다고 하며, 소설가 김중혁도 열 번 이상 읽었다고 얘기합니다. 광고인 박웅현은 네 번을 읽었다고 하고, 글쓰기 친구 이승미 박사는 세 번 읽었다고 하네요. 좀처럼 같은 책을 두 번 이상 읽지 않는다는 영화평론가 이동진도

『참을 수 없는 존재의 가벼움』은 두 번 읽었다고 고백했지요.

메모하고 낙서하고 밑줄을 그어서 몇 권의 『참을 수 없는 존재의 가벼움』을 사게 될지도 모르겠습니다. 도대체 몇 권의 『참을 수 없는 존재의 가벼움』이 책장에 꽂혀 있을까요. 저도 궁금합니다.

친구 중에 공무원이 한 명 있습니다. 그런데 이 친구가 자꾸 전화를 해서 울먹입니다. 얘기를 들어보니, 대학 때 열렬히 사랑했던 여자 친구와 오해로 헤어졌다며 지금이라도 찾아서 당시 상황을 설명해야 한다는 것입니다. 좀 황당하죠. 그 친구는 여자 친구를 사랑했지만 자기가 오락실의 도박에 빠져 이를 해결한 후 여자 친구를 만나려고 잠깐만 헤어지자고 했답니다. 아뿔싸! 여자 친구는 이별을 통보하는 줄 알고 다시는 만나주지 않았다고 합니다.

그래서 지금까지 자기의 본심을 전하지 못했다는 것이죠. 거기까지 이야기를 들으니 좀 안타까운 것도 사실입니다. 커뮤니케이션에서 오해가 생긴 것입니다. 제 친구가 더 이상 전화해서 울먹이지 않게 그 여자 친구를 찾아주고 싶습니다. 그런데 저도 마땅한 방법이 없네요!

제 친구는 옛 여자 친구를 만나고 싶어 다방면으로 수소문했지만 모두 허사였다고 합니다. 생각날 때마다 행방을 물었지만 아직 희소식은 없다고 합니다. 벌써 그렇게 30여 년의 세월이 흘렀습니다.

친구의 이런 얘기를 들으면 자연스럽게 떠오르는 책이 한 권 있습니다. 바로 진화심리학자 전중환 교수의 『오래된 연장통』입니다. 여기서 연장통이란 인간의 마음을 톱이나 드릴, 망치 같은 공구들이 담긴 오래된 연장통에 비유한 것입니다.

책에서는 남녀의 차이를 얘기합니다. 그 중에서 남녀의 마음은 많은 면에서 같지만 다른 몇 가지 면에서는 다르다고 말합니다. 신체적 성차는 거의 논란거리도 되지 않지만, 심리적 또는 행동적 성차는 존재한다는 것이죠. 바로 여기에 소통에서의 차이점이 있지 않나 생각합니다. 남녀의 행동은 인간이 수억 년 동안 진화하는 과정에서 유전자, 즉 전 교수가 얘기하는 연장통에 있는 것들이 진화하면서 달라진다는 것이죠. 기본적으로 남녀 간에는 차이가 있을 수밖에 없지요. 그러니 같은 일을 놓고도 다른 해석이 나옵니다. 언제든지 오해가 발생할 수 있는 소지가 있습니다. 사람 마음을, 특히 여성의 마음을 움직이게 하는 것은 무엇일까요.

만약 제 친구가 여자 친구와 사귈 때 『오래된 연장통』을 읽었다면 그녀의 마음을 더 이해할 수 있지 않았을까 생각해 봅니다. 하지만 『오래된 연장통』은 2010년 첫 선을 보였습니다. 안타깝습니다. 여러분 중에 제 친구가 찾는 여자 친구를 아시는 분은 연락 주십시오. 후사하겠습니다.

# 진정한 '변신'을
# 추구하는 방법

『**변신***Die Verwandlung*』
프란츠 카프카*Franz Kafka* **지음**

어린 시절, 만화영화 로봇의 변신은 신기하고 재미있지만 프란츠 카프카의 『변신』은 섬뜩하지요. 만약 소설 속에서가 아니라 현실에서 일어난다면 소스라쳐 도망갈 것 같습니다. 본격적으로 『변신』 이야기를 하기 전에 첫 문장에서 강렬한 임팩트를 느낄 수 있습니다. 우리는 『변신』에서 '어느 날 아침 그레고르 잠자가 불안한 꿈에서 깨어났을 때 그는 침대 속에서 한 마리의 흉측한 갑충으로 변해 있는 자신의 모습을 발견했다'와 같은 첫 문장의 전율을 느낍니다.

하지만 프란츠 카프카는 친절하지 않습니다. 모든 위대한 작품을 남긴 작가들은 다정함과는 거리가 멀죠. 카프카는 『변신』에서 그레고르 잠자가 왜 갑충으로 변했는지 구체적으로 설명하지 않습니다. 그 이유는 책을 읽으면서 여러분 스스로가 찾아야 합니다. 숙제라고 해 두겠습니다.

첫 문장에 매료되어 『변신』을 읽기 시작했다면 두 가지 포인트를 염두에 두면 좋을 것 같습니다. 하나는 그레고르 잠자가 사람에서 벌레로 변화되는 과정을 지켜보는 것이며, 다른 하나는 상황에 따라 변화하는 가족들의 심리와 행동을 따라가는 것입니다.

이제 본격적인 책 얘기로 들어가 보겠습니다. 주인공 그레고르 잠자는 어느 날 아침 눈을 떠 보니 흉측하기 그지없는 벌레로 변해 있는 자신을 발견합니다. 그는 아버지가 사업에 실패한 이후 가족의 생계를 책임지고 있는 성실한 가장이었습니다. 그레고르가 벌레로 변해 출근하지 못하자 직장에서 매니저가 찾아옵니다. 매니저와 가족들은 흉측한 벌레로 변해버린 그레고르를 발견합니다. 깜짝 놀란 매니저는 그 길로 집에서 나오고, 가족들은 충격에 휩싸이죠. 실질적인 이야기 전개는 여기부터입니다.

처음에 가족은 가장이나 다름없던 그레고르 잠자가 처한 현실에 슬퍼하며 방도 청소해주고, 먹을 것도 챙겨주는 등 가족의 사랑을 베풉니다. 하지만 사람의 인내력에는 한계가 있죠. 시간이 갈수록 변하는 것은 사람의 마음입니다. 가족은 아무런 도움이 안 되고 심지어 온갖 장애물이 되는 그를 '성가신 존재'로 여깁니다. '그레고르의 변신'은 '가족의 변심'을 불러옵니다.

처음에 여동생은 벌레가 된 그레고르가 최대한 넓은 공간에서 기어 다닐 수 있도록 방해가 되는 가구들, 서랍장과 책상을 치워주려고 도 하지만 그런 선의와 오빠에 대한 사랑은 오래 가지 못합니다. 처음 에는 벌레가 된 오빠지만 소통을 해보려고 노력도 합니다. 물론 잠깐 뿐이지요.

가족들은 차라리 빨리 죽어버리거나 집을 나가버렸으면 하는 나쁜 마음도 가집니다. 눈치 빠른 그레고르는 그 사실을 알아채고 어느 날 먼지와 쓰레기로 가득한 자신의 방에서 죽은 채 발견됩니다. 가족들 은 흉측한 벌레를 치워버린 후 한결 홀가분한 마음으로 각자의 삶을 살아갑니다. 마치 무슨 일이 있었냐는 듯 말입니다.

심지어 그레고르의 잔영을 지워버리고 싶은 듯 새 집으로 이사합 니다. 가족들은 새 집에서 새 출발을 합니다. 그때 부모의 눈에는 아 들이 떠나고 하나 남은 자식인 딸이 눈에 들어오죠. 딸은 어느새 훌쩍 자라 '아름답고 풍염한 소녀'로 변신했습니다. 잠자 부부와 딸이 교외 로 나가서 딸이 몸을 쭉 펴며 기지개를 켤 때 그들에게는 그 모습이 그 들의 새로운 꿈과 아름다운 계획의 보증처럼 오버랩 됩니다. 바로 새 출발입니다. 그레고르는 기억 속에서 '잠자'게 됩니다. 사람은 어쩌면 상황에 따라 이렇게 '변신'을 잘하는 걸까요. 마치 로보트 태권V처럼 말입니다.

『변신』은 복잡하지 않습니다. 단순합니다. 내용도 특별하다고 하 기 어렵죠. 하지만 첫 문장이 강렬하듯 문장과 행간 속에는 알 듯 모 를 듯 많은 메시지가 담겨 있습니다. 하루아침에 벌레로 변해버린 그레고르 잠자. 현실에서는 불가능한 이와 같은 상황이 의미하는 것은 무엇일까요. 일할 능력을 상실한 사람, 사랑하는 가족에서 물질적으로 아무런 도움을 주지 못하는 한갓 미물인 벌레가 된 것은 어떤 것을 말하고 상징할까요?

아마도 그건 물질 만능사회 속에서 인간 존재의 하찮음을 말하려는 것이 아닐까요. 성실하고 멀쩡한 영업사원이 눈을 떠보니 하루아침에 벌레로 둔갑했다는 『변신』은 인간의 모멸에 대한 표현이 아닐까요. 먹고 살기 위해 아등바등하는 인간, 최저 임금을 벌기 위해 한없이 비참해지는 인간에 대한 연민 아닐까요. 어떻게 하면 인간의 존엄을 지키며 살 수 있을까 고민하게 됩니다.

물질 만능주의에서 물질의 노예가 되지 않고 주체적인 삶을 살아갈 수 있는 방법을 생각해 봅니다. 그레고르 잠자는 벌레가 된 후에도 가장의 역할을 하지 못하는 데 자책감을 갖습니다. 잠자는 '너무나 부끄럽고 서글픈 나머지 온몸이 후끈 달아올랐던' 것입니다.

번역자 이재룡은 옮긴이의 말에서 '『변신』은 현대인의 실존적 위기를 주제로 하는 일종의 현대적 우화'라고 설명하고 있습니다. 『변신』은 독자들에게 그런 이야기를 하고 싶어 하는 것 같습니다.

『변신』에 나오는 아르헨티나 출신 루이스 스카파티의 그림은 책을 읽는 재미를 높여주고 속도의 페달을 밟게 해주죠. 이야기의 전개에 따라 곳곳에 있는 그림은 책 속으로 빠져드는 촉매제가 되기에 충분합니다.

프란츠 카프카는 1883년 7월 유대인 가정에서 태어나 프라하에서 자랐습니다. 대학에서 법학을 전공한 그는 낮에는 보험국 관리로 일하고, 밤에는 글을 쓰며 소설가의 삶을 살았습니다. 요즘 국내 작가들은 웬만하면 작가라는 직업으로는 생계를 이어가기 어렵다고 합니다. 소위 전업 작가는 극소수에 불과하죠. 저도 이 글을 본격적인 업무에 들어가기 전에 썼습니다. 작가들이 글쓰기만으로 삶을 살아갈 수 있었으면 좋겠습니다. 그런 때가 오면 정말 좋겠습니다.

# 노인과 청새치의
# 전투(?)적 소통

『노인과 바다 *The Old Man and the Sea*』
어네스트 헤밍웨이 *Ernest Hemingway* 지음

---

『노인과 바다』를 모르는 사람이 있을까요. 있다면 아마 간첩이겠지요. 헤밍웨이에게 퓰리처상과 노벨문학상을 동시에 안겨준 작품이라서 더욱 유명합니다.

멕시코 만을 낀 쿠바 아바나 마을에 사는 어부 산티아고는 84일째 고기를 잡지 못합니다. 깡마르고 여윈 목덜미, 두 뺨에는 갈색 반점까지 나 있는 영락없는 노인이지만 눈매만큼은 살아 있습니다. 살아 있네, 살아 있어! 그는 '오직 두 눈만은 바다와 똑같은 빛깔을 띠었으며 기운차고 지칠 줄 몰랐다'고 할 수 있습니다.

남의 말 하기 좋아하는 마을 사람들은 수군거립니다. '운이 이미 그를 떠났다'고 말입니다. 하지만 그는 아랑곳하지 않고 늘 바다로 나갑

니다. 어제도 그랬고, 그제도 그랬던 것처럼 오늘도 자연스럽게 바다로 향합니다. 아마 내일도 그럴 겁니다. 고기를 잡지 못한지 85일째도 그랬습니다.

고기를 잡기 위한 변변한 어구도 없고 심지어는 돛마저 다 떨어져 밀가루 포대로 덕지덕지 기운 볼품없는 것이긴 해도 그는 바다로 나가는 것을 두려워하지 않습니다. 바다로 나가는 것은 '노인의 운명'일까요. 그동안 노인과 함께 고기잡이를 해오던 소년마저 부모님의 성화에 산티아고를 떠날 수밖에 없는 상황에 이르렀습니다.

하지만 기다림의 시간은 거기까지인지 모릅니다. '85'는 노인에게 행운의 숫자인지도 모를 일이죠. 이날 노인은 다랑어 떼를 만났고, 점점 깊은 바다로 나아갑니다. 정오 무렵에는 그가 드리운 낚시 바늘이 갑자기 물속으로 푹 잠기는 것을 목격하게 됩니다. 대물이 걸렸나 봅니다. 노인의 예상대로 '85'는 행운의 숫자입니다. 그의 낚시 바늘을 문 것은 그가 그토록 기다리던 큰 물고기였습니다. 바로 청새치죠. 이제부터 노인과 청새치의 한판 승부는 펼쳐집니다. 어부와 고기의 밀고 당기는 커뮤니케이션, 소통이 시작된다고 하면 이상한 표현일까요.

청새치는 바다에서 한평생을 보낸 노인만큼이나 호락호락하지 않습니다. 노련하기까지 합니다. 수심 180m에서 사는 놈은 낚시를 물고도 좀처럼 바다 위로 모습을 드러내지 않습니다. 본인의 존재를 감추려고 하는 것처럼 보이죠. 노인과 청새치의 팽팽한 싸움에서 노인이

힘만으로는 놈을 감당할 수 없게 됩니다. 쉽게 끝날 싸움이 아닙니다. 노인은 본격적인 싸움을 위해 낚시 줄을 등에 겁니다. 조금도 힘이 약해지지 않는 놈은 낚시 줄을 놓지 않는 노인의 배를 이리저리 끌고 다닙니다. 상황이 역전된 걸까요. 주객이 전도된 느낌입니다.

싸움은 계속됩니다. 9월 밤바다의 한기가 느껴집니다. 미끼 상자를 덮어둔 비닐을 몸에 감아 추위를 견디는 노인의 사투는 눈물겹습니다. 낚시 줄을 멘 등의 통증은 점점 심해지고, 손은 경련으로 뻣뻣해집니다.

저는 정말 청새치와 노인 간의 자존심을 건 이상한 소통이라고 생각했습니다. 낚시 줄 하나를 놓고 벌어지는 팽팽한 대립은 언제까지 계속될까요. 청새치의 힘으로 인해 노인의 얼굴은 찢어지고 낚시 줄을 당겨야 할 왼손도 심하게 상처를 입습니다.

제가 발견한 재미있는 것은 노인과 청새치와 전쟁 동안 노인은 전혀 외로움을 느끼지 않는다는 사실입니다. 이유는 바다의 풍경 때문이죠. 문득 앞쪽을 보면 물오리 떼가 바다 위 하늘에 새겨놓은 듯 모습을 드러냈다가 흩어지고 다시 나타나면서 바다 위를 날아가는 광경을 볼 수 있기 때문입니다.

산티아고는 그만 청새치를 포기할까요. 하지만 그는 평생을 바다와 함께한 고독한 어부입니다. 포기 대신 '난 녀석에게 인간이 어떤 일을 할 수 있는지, 얼마나 참고 견뎌낼 수 있는지 보여 줘야겠어'라고 다짐합니다. 이건 노인의 똥고집은 아니겠지요.

드디어 청새치가 바다 위로 모습을 드러냅니다. 일단 노인의 승리입니다. 산티아고 승! 노인임에도 불구하고 이틀을 버틴 눈물겨운 승리입니다. 자신이 가진 밧줄 400m를 풀어 700㎏은 족히 돼 보이는 큰 고기를 배 옆면에 묶고 항구를 향해 행복한 미소를 머금습니다.

하지만 기쁨은 잠깐입니다. 피가 바다 밑으로 퍼져나가면서 냄새를 맡은 상어가 달려들기 시작합니다. 처음 달려든 놈은 청상아리, 이 놈은 처치하지만 연이어 상어 두 마리가 2차 공격을 해옵니다. 백척간두!!! 결국 상어를 물리치기는 하지만 어느새 청새치의 살점은 점점 뜯겨 나가고, 볼품없어지지요. 이쯤에서 노인은 배에 맨 청새치를 버려야 하지 않을까요. 그렇다면 귀갓길이 그렇게 힘들지는 않았겠지요. 하지만 고집불통 노인은 청새치를 버리지 않고 달려드는 상어 떼와 싸우는 방법을 택합니다.

그는 왜 후퇴하지 않고 온통 상처투성이인 정면 돌파를 택했을까요. 청새치는 거대하고 앙상한 뼈만 남은 채 항구에 도착합니다. 노인은 이렇게 말하죠. "인간은 파멸당할 수는 있을지 몰라도 패배할 수는 없어"라고 말입니다.

『노인과 바다』가 처음 발표된 1952년 〈라이프〉지 9월호는 이틀 만에 500만 부 이상이 팔렸다고 합니다. 헤밍웨이는 『노인과 바다』를 통해 많은 영예를 누렸습니다. 헤밍웨이의 『노인과 바다』를 얘기하다 보면 간결체, 짧은 글에 대한 얘기가 자연스럽게 나옵니다. 헤밍웨이와 관련해서는 재미있는 일화가 많습니다. 특히 원고 분실과 관련된 에피소드는 안타깝지만 재미있죠.

중고서적상 릭 게코스키의 『아주 특별한 책들의 이력서』와 알렉산더 페히만의 『사라진 책들의 도서관』에는 헤밍웨이의 원고 분실에 대한 얘기가 나오죠. 내용은 대략 이렇습니다.

헤밍웨이가 스물세 살이던 1922년 11월, 그는 스위스 로잔에서 열린 국제평화회의를 취재하고 있었고(그는 먹고 살기 위해 기자라는 직업을 가지고 있습니다), 아내 해들리가 그곳을 찾아오는 과정에서 그동안 헤밍웨이가 쓴 원고가 담긴 짐이 사라집니다. 헤밍웨이는 거의 완전 미치광이가 되어 원고를 찾아다녔다고 합니다. 그렇지만 허사!

어떤 이는 헤밍웨이가 『노인과 바다』처럼 간결한 문장을 쓸 수 있었던 데는 써놓은 원고를 잃어버렸기 때문이라고 합니다. 헤밍웨이도 '잃어버린 원고 덕에 문체를 세련되게 다듬고 생략하는 기법을 익혔다'고 스스로 얘기하고 있습니다. 하기야 글이 길면 읽는 사람이 없는 것은 당연하죠. 매리언 울프의 『다시, 책으로』에는 'tl;dr'이라는 말이 유행한다고 나오죠. 무슨 뜻인지 아시나요. 'tl;dr'은 'too long; didn't read'의 약어로 글이 길면 아무도 읽지 않는다는 뜻입니다.

미국에서는 청소년들 사이에 이런 말이 유행하면서 필독서만 읽거나 심지어 그마저도 읽지 않는 아이들이 점점 늘고 있다고 합니다. SNS 등으로 사람들이 긴 글은 잃지 않고 짧은 글만 찾게 되는가 봅니다. 그런 측면에서라면 『노인과 바다』는 짧아서 좋습니다. 'tl;dr'에 부합하는 소설이죠. 그런데도 읽지 않는다면 어떻게 하나요.

이 대목에서 저도 불현듯 걱정이 됩니다. 제 글도 길다고 아무도 읽지 않으면 어쩌지요. 그나마 여러분들이 읽어줘서 다행입니다. 참으로 고맙습니다.

# 쉽게 접할 수 없는
# 이상한(?) 이야기

『당신 인생의 이야기 Stories of Your Life And Others』
테드 창 Ted Chiang 지음

처음부터 이런 얘기를 하기는 좀 그렇지만, 저는 개인적으로 SF소설을 좋아하지 않습니다. 따라서 접할 기회가 많지 않았죠. 그러던 와중에 테드 창의 『당신 인생의 이야기』를 접했는데 잠이 확 깨는 느낌이었습니다.

『당신 인생의 이야기』는 특이한 줄거리를 가진 8편의 중·단편을 모은 소설집입니다. 8편의 작품 중에서 저는 〈네 인생의 이야기〉를 주로 얘기하고자 합니다. 이 소설은 주인공 언어학자가 외계 지성과의 만남을 통해 인류가 겪게 되는 인식의 변화를 그렸습니다.

〈네 인생의 이야기〉는 화자인 '나'가 자기의(실제로는 태어나지 않은) 딸을 향해 '네 인생의 이야기'를 말한다는 특이한 설정입니다. 독특하죠.

화자인 루이즈 뱅크스는 언어학자입니다. 루이즈는 물리학자인 게리 도널리와 팀을 이뤄 '헵타포드(일곱 개의 다리)'라 불리는 의사소통 프로젝트에 합류해 이질적인 언어를 구사하게 됩니다.

복잡한 그래픽 디자인을 모아놓은 것 같은 그들의 문자에는 시작도 끝도 명확하지 않습니다. 지금까지 다양한 분야의 소설을 읽어왔지만 〈네 인생의 이야기〉와 같은 이상한(?) 이야기는 처음입니다. 게리는 분필 토막을 집어 도표를 그리며 이야기를 전개해 나갑니다. 광학이 어쩌고, 빛이 어쩌고 도통 뭐가 뭔지 모르겠습니다.

인간의 인식이 원인과 결과라는 시간적인 흐름과 순서에 얽매여 있는데 반해 헵타포드는 그 모든 것을 동시에 인식합니다. 그들의 언어를 배우면서 루이즈의 인식 방식 또한 변화하게 됩니다. 저자는 이 작품을 통해 사유 체계가 다른 존재와 소통한다는 것이 어떤 것인지에 대해 집요하게 탐구해 나갑니다.

『당신 인생의 이야기』에는 이 외에도 성서 속의 탑을 쌓아올려 실제로 '하늘의 천장'에 닿는다면 어떻게 될지를 다룬 〈바빌론의 탑〉, 외모의 아름다움과 추함을 느끼는 뇌의 기능을 임의로 차단할 수 있다는 가정에서 출발한 〈외모 지상주의에 관한 소고〉 등 과학이 가능케 하는 지적 상상력이 돋보이는 작품들이 다수 실려 있습니다. 각자 스타일에 따라 읽어보면 좋을 것 같습니다.

중국계 미국인 테드 창은 작품 활동을 시작한 지 20년이 넘었지만 대략 2년에 한 편 꼴로 중·단편을 발표했습니다. 현재까지 장편소설을 내지는 않았습니다. 하지만 발표한 작품마다 유수의 SF문학상을 받으며 현존하는 최고의 작가 중 하나로 자리를 잡고 있습니다. 과학 잡지 〈네이처〉에도 두 번이나 작품이 실렸다고 합니다. 〈네이처〉에 소설도 실리는 줄은 몰랐습니다.

인간 삶의 조건을 해석하는 철학적 이야기로도 읽히는 이 소설집은 전 세계 15개국에서 번역 출간됐습니다. 앞에서도 얘기했지만 〈네 인생의 이야기〉를 포함한 『당신 인생의 이야기』는 지금까지 접해본 소설과는 다릅니다. 독자에 따라서는 당혹스러울 수도 있습니다.

'마음의 준비를 하고 책을 펼치라'고 조언하고 싶습니다. 자칫 '뭐 이런 책이 있어' 하고 읽기를 포기할 수도 있지요. 물론 그건 자유지만 아마 지금까지 읽은 책과는 다른 느낌을 줄 겁니다. 새로운 경험을 하게 될 가능성이 매우 큰 책이라고 할 수 있죠. 세상에는 온갖 이상 하고 괴상한 이야기가 난무합니다. 사람들은 지금까지 이런 이야기를 창조하고, 누군가에게 얘기하면서 공유하며 살아왔습니다. 이렇게 괴 상한 이야기를 정말 누가 읽을까 걱정했는데 그런 걱정은 하지 않아 도 될 것 같습니다.

사람들은 좀 괴상한 이야기를 좋아하나 봅니다. 서점에 가보니 고 성배(물고기머리)의 『한국요괴도감』이 베스트셀러이고, 카이스트 출신 의 곽재식 작가의 『한국괴물백과』도 서점의 좋은 자리에서 독자들을 유혹하고 있습니다. 괴물이 판을 치고 있더군요.

혹시 텔레비전 프로그램 중에 '기막힌 이야기'라는 프로그램을 들어보셨나요. 제목처럼 온갖 해괴한 이야기를 소재로 한 재현 프로그램인데 언젠가 우연히 봤다가 은근 재미있다는 생각을 했습니다.

때론 〈네 인생의 이야기〉와 같은 글도 읽어야 매일매일 똑같은 일상 속에서 다른 세계를 접하는 것은 물론 인식의 전환을 꾀할 수도 있을 것입니다. 어차피 사람은 새로운 것을 추구하게 되어 있죠.

카이스트 정재승 교수는 『당신 인생의 이야기』에 대해 한 신문에 기고한 글에서 '근래에 읽은 가장 훌륭한 과학 소설이다. 이 책은 단편 과학 소설이 줄 수 있는 최고의 과학적 상상력을 선사한다. 아직 과학 소설을 한 번도 읽어보지 않은 독자라면, 이 책을 제일 먼저 읽어보시길!'이라고 권했습니다. 제가 권하는 얘기로는 『당신 인생의 이야기』를 읽지 않을 것 같아 카이스트 정재승 교수의 말을 인용해 봅니다. 어떠세요. 정 교수가 강추한 책이니 한번 읽어보시죠.

〈네 인생의 이야기〉는 영화 〈시카리오〉, 〈블레이드 러너 2049〉를 만든 드니 빌뇌브에 의해 영화 〈컨택트〉로도 제작됐지요. 소설을 읽을 시간이 안 되는 사람들은 영화를 보는 것도 좋은 방법이라고 생각됩니다.

# Chapter 6

**사랑**

'사랑이 뭐지?'
인류의 영원한 화두

이런 이야기가 있습니다. 좀 우습기는 하지만 그 속에는 사랑에 대한 깊은 성찰이 담겨 있습니다.

어느 날, 한 젊은이가 프란치스코 교황에게 물었습니다.
"교황님, 저는 어떻게 사랑을 하는지 모르겠어요."
그러자 교황이 대답했습니다.
"그 누구도 사랑하는 법을 모르지요. 우리 각자는 매일 그걸 배워나가는 겁니다."

이번 주제는 '사랑'입니다. 앞에서 얘기한 것처럼 사랑을 어떻게 하는지 아는 사람은 거의 없습니다. 그래서 사랑은 시와 소설 등 문학 작품에 가장 많이 등장하는 소재가 되었습니다. 사랑이 무엇인가요. 사랑은 어떤 사람이나 존재를 무척 아끼고 귀중히 여기는 마음이지요. 일상생활에서 사람들이 가장 많이 사용하는 보편적인 정서가 사랑이죠. 사랑은 인류의 영원한 화두입니다. 문학 작품은 물론 영화,

드라마, 연극, 광고에서도 사랑을 다룹니다. 사랑이 다뤄지지 않는 분야는 없을 것입니다. 사랑을 주제로 한 예술 작품이 가장 많을 것으로 추측됩니다.

더구나 사랑에 빠졌을 때 사람은 완전히 이성을 상실합니다. 미쳐 버리죠. 세상 그 어떤 것과도 비교되지 않습니다. 심지어는 목숨을 내놓기도 합니다. 사랑은 청춘에게 가장 무서운 병이자 치료약일지도 모릅니다. 양면성을 갖고 있습니다.

저는 두 번째 책 『과학자의 글쓰기』를 출간한 후 많은 글쓰기 강의를 해오고 있습니다. 수업을 하면서 가끔 퀴즈를 냅니다. 예를 들면 다음과 같은 것입니다. '인터넷 서점에서 글쓰기를 검색하면 관련 책이 몇 권 나올까요?' 그러면 사람들은 가늠을 하지 못합니다. 보통 100권, 200권을 얘기합니다. 어떤 사람들은 1,000권을 얘기하기도 하지요. 짐작이 가지 않기 때문입니다. 그러면 제가 말해줍니다. 대략 3,000권쯤 된다고요.

이 시점에서 질문을 바꿔보고 싶네요. '인터넷 서점에서 사랑이라는 단어를 검색하면 책이 몇 권이나 나올까요?' 여러분은 짐작이 가세요? 제가 검색을 해보니 대략 4만 권을 훌쩍 넘습니다. 그만큼 사랑을 소재로 한 글이 넘쳐난다는 얘기입니다.

사랑에 대해 말하기가 애매하기 때문에 책 중에서 두 권을 같이 얘기해 보려고 합니다. 그리고 사랑의 작가, 알랭 드 보통에 대해서도 잠깐 얘기하겠습니다. 우선 에리히 프롬의 『사랑의 기술』과 스탕달의

『연애론』입니다.

　에리히 프롬의『사랑의 기술』은 사랑에 관한 고전입니다. 가만 생각해 보니 예전 대학 시절, 미팅을 앞두고『사랑의 기술』에 나오는 문장을 외워 여학생에게 자랑했던 기억이 떠오릅니다. 지적 허영으로 상대방을 어떻게 감동시킬지 고민하던 시절이지요. 가만 기억을 떠올려 보니『사랑의 기술』에는 멋지고 그럴듯한 표현이 많습니다. 잠시 옛날 추억에 잠겨 두 개의 문장만 인용해 보겠습니다.『사랑의 기술』의 본문의 첫 문장은 다음과 같이 시작하죠. 프롬은 이런 질문을 던지면서 책을 시작합니다.

　사랑은 기술인가? 기술이라면 사랑에는 지식과 노력이 요구된다. 혹은 사랑은 우연한 기회에 경험하게 되는, 다시 말하면 행운만 있으면 누구나 '겪게 되는' 즐거운 감정인가? (13쪽)

　사랑은 수동적 감정이 아니라 활동이다. 사랑은 '참여하는 것'이지 '빠지는 것'이 아니다. 가장 일반적인 방식으로 사랑의 능동적 성격을 말한다면, 사랑은 본래 '주는 것'이지 받는 것이 아니라고 설명할 수 있다. (42쪽)

　책을 다시 펴보니 위와 같은 문장들이 생각납니다. 하지만 프롬의 생각과는 달리 사람들은 사랑이 '능력과 기술의 문제'가 아니라 그저

'받으면 되는 것'이라고 생각합니다. 대부분이 그렇지요. 그러니 남자들은 사랑을 위해 근육과 돈, 권력, 지위를 늘리고 높이기 위해 몸부림을 칩니다. 그러면 여자들을 사랑할 수 있다고 여기지요. 여자들은 외모를 가꾸는 데 과도한 열정을 소비하곤 하죠. 외모 지상주의에 빠지기도 합니다. 그들은 사랑의 본질을 생각하고, 프롬이 얘기하는 사랑의 기술을 익히는 데는 별 관심이 없죠.

프롬의 『사랑의 기술』을 다시 읽어보니 그가 말하는 기술은 스킬이나 테크닉은 물론 품성이나 태도까지를 아우르는 포괄적 개념입니다. 사랑에는 인내와 노력이 필요하다고 강조합니다.

사랑이라는 단어를 생각하면서 사랑의 고전격인 『사랑의 기술』을 반추해 봤습니다. 역시 여운이 남는 책입니다. 『사랑의 기술』은 출간된 지 60여 년이 지난 지금까지도 많은 사람들에게 사랑받고 있습니다. 그건 아마도 '사랑은 기술인가?'라고 인류에게 영원한 화두를 던졌기 때문이죠.

스탕달은 『연애론』에서 연애를 네 가지로 분류했습니다. 바로 열정적 연애, 취미적 연애, 육체적 연애, 허영적 연애입니다. 하지만 속지 마십시오! 그는 연애를 네 가지로 분류했지만 열정적 연애에 대해 얘기하고, 다른 것은 거의 언급하지 않습니다. 요즘 사람들이 관심 있는 육체적 연애 등에 대해서는 단 한마디도 하지 않습니다. 실망하는 사람들이 많은 것 같네요.

연애의 여러 가지 형태를 다른 나라의 풍토, 교육, 풍속, 종교, 관습의 영향에 따라 흥미로운 진기한 방법으로 묘사하고 있습니다. 스탕달의 『연애론』은 스스로의 경험을 기록한 것이라고 합니다. 사랑이나 결혼은 어렵습니다. 그건 스탕달도 마찬가지입니다.

스탕달에게 '평생의 사랑*love of life*'은 1818년에 만난 마틸드 뎀보스키 백작부인입니다. 하지만 이뤄지지 못하고 짝사랑으로 끝났습니다. 폴란드 출신의 남편과 17세에 결혼해 아들 둘을 낳고 별거 상태였던 마틸드는 스탕달을 거부했지요. 마틸드는 35세에 사망했기 때문에 스탕달에게 비련悲戀의 감정은 영원했을 것 같습니다.

참! '사랑' 하면 빼놓을 수 없는 소설가가 있습니다. 바로 알랭 드 보통입니다. '곱배기 말고 보통' 말입니다. 보통은 사랑 전문 소설가입니다. 그는 1969년 스위스 취리히에서 태어나 하버드대에서 프랑스 철학을 전공하다 전업 작가로 전환했지요. 첫 장편 『왜 나는 너를 사랑하는가』, 『우리는 사랑일까』, 『낭만적 연애와 그 후의 일상』 등을 출간했습니다. 보통은 우리나라 국민들의 삶이 사랑으로 가득차서 그런지 독자들로부터 '보통' 이상의 사랑을 받았습니다. 사랑을 다뤄 사랑을 받았지요.

사랑에는 기술이 필요합니다. 사랑은 잘 주고 잘 받는 것입니다. 그러나 우리가 영화 〈타짜〉에서 본 것처럼 그런 '사랑의 타짜'는 없지요. 사랑에 타짜가 있다면 사랑 때문에 고민하는 사람이 많지는 않을 것입니다. 타짜 기술을 배우면 되지요. 하지만 사랑에는 타짜 대신 의지와 노력이 필요해 보입니다. 그런데 이 말은 참으로 어렵습니다. 연애하면서 잘 주고받기는 보통 일이 아니지요. 그래서 사랑은 영원불멸의 화두인 것 같습니다.

하지만 이상합니다. 흔히 사랑의 결실은 결혼이라고 생각하죠. 모든 사람들이 사랑을 갈망하지만 결혼은 줄고 이혼만 늘어날 뿐이죠. 통계청의 '2019년 혼인·이혼 통계'에 따르면 당해 혼인 건수는 23만 9,200건으로 2018년보다 7.2% 줄었습니다. 2012년부터 8년 연속 내려가고 있지요. 이혼은 11만800건으로 전년보다 2% 증가하며 2년 연속 증가하고 있습니다.

이혼 건수가 증가하는 이유는 황혼이혼이 늘기 때문이죠. 2019년 결혼한 지 20년 이상인 부부의 이혼은 3만8,400건으로 전년보다 5.8% 포인트 늘었습니다. 황혼이혼은 전체 이혼의 34.7%를 차지한다고 합니다.

엄정화의 주장처럼 〈결혼은 미친 짓이다〉는 맞는 걸까요. 통계청 사회조사 결과에 따르면 2008년 '결혼을 반드시 해야 한다'거나 '하는 것이 좋다'고 응답한 사람은 전체의 68%를 차지했지만, 2018년에는 48.1%로 무려 19.9% 포인트나 줄었습니다. 미혼 여성의 경우 22.4% 만이 '결혼을 반드시 해야 한다'거나 '하는 것이 좋다'고 답했습니다.

결혼은 미친 짓이 맞습니다. 엄정화는 그런 진리를 잘 알고 있습니다. 그녀는 2002년 이 영화를 찍은 후 아직까지 결혼하지 않고 있습니다. 하지만 남자 주인공 감우성은 몇 년 후 바로 영화 〈결혼은 미친 짓이다〉를 배신했습니다. 그는 2007년에 결혼했지요. 하여튼 남자들이란 이 모양입니다. 도대체 믿을 수가 없습니다.

이제 저는 엄정화도 풀어주려고 합니다. 영화와의 약속은 더 이상 안 지켜도 됩니다. 언제라도 결혼했으면 좋겠습니다. 물론 이건 철저히 저의 개인적인 바람입니다. 언론에서 '엄정화, 전격 결혼' 기사를 기다려 봅니다.

서두가 길었습니다. 사랑은 이론만으로 될 일이 아닙니다. 이제 『적과 흑』, 『미 비포 유』, 『채털리 부인의 연인』, 『자기 앞의 생』을 읽으며 직접 느껴보겠습니다. 이 주인공은 어떻게 사랑을 했는지 살펴보면 좋을 것 같습니다.

# '적과 흑'을 소망했던
# 흙수저의 사랑

『적과 흑Le Rouge et le Noir』
스탕달Stendhal 지음

스탕달의 대표작 『적과 흑』은 1830년 출간됐지요. 지금으로부터 거의 200년 전 일입니다. 『적과 흑』은 당시 신문의 사회면을 장식한 두 건의 치정 사건을 모티브로 했다고 합니다. 법정신문에는 1827년 12월 28일부터 31일까지 앙투완 베르테라는 청년이 교회에서 미슈 부인을 총으로 저격한 죄로 사형 당한 사건이 실립니다. 일명 베르테 사건이죠. 이야기가 『적과 흑』과 비슷합니다.

다른 사건은 1829년 3월 일어난 재판인 피레네 사건입니다. 이 사건도 법정신문에 보도됐는데 가구 세공인이었던 가난한 청년 라파르가 변심한 애인의 목을 잘라 살해한 사건입니다. 끔찍하죠. 스탕달은 두 사건에 깊은 인상을 받아 소설을 쓰기로 했습니다.

『적과 흑』을 보면 '적과 흑'이 무슨 뜻인지 궁금할 겁니다. 적과 흑은 당대 젊은이들이 신분 상승을 위해 바라던 군인과 성직자의 신분을 상징하는 단어입니다. 주인공 쥘리엥 소렐은 하층 계급으로 태어났으나 훌륭한 외모에 재능이 출중한 야심찬 젊은이입니다. 군인으로 출세를 꿈꾸지만 무명 병사에서 황제의 자리까지 올랐던 나폴레옹이 몰락하자 비천한 신분을 타고난 자기가 출세할 수 있는 길은 성직자뿐임을 깨닫고 노선을 변경합니다. 그는 하는 수 없이 성직자의 길을 택하죠. 선택의 여지가 없었습니다.

하지만 지나친 야망은 부작용을 불러오는 걸까요. 야망을 좇고, 신분 높은 여성들과 사랑에 빠지면서 쥘리엥은 그만 나락으로 떨어지고 맙니다. 결국, 쥘리엥은 교수형에 처해지고 맙니다.

쥘리엥은 충분히 살 수도 있었지만 죽음을 택합니다. 스탕달은 『적과 흑』을 통해 당시 사회상을 고발합니다. 더구나 쥘리엥이 여인들과 사랑에 빠지고, 밀당 과정에서 겪는 연애 심리를 매우 섬세하고 예리하게 묘사하고 있습니다. 여러 차례의 연애 및 결혼 생활을 해본 스탕달의 탁월한 사랑법이 돋보입니다.

쥘리엥은 성경 암송으로 교구 신부의 추천을 받아 가정교사가 됩니다. 그리고 레날 부인을 유혹하죠. 그를 짝사랑한 하녀의 밀고로 부인과의 관계가 탄로나 쫓겨나지만, 다시 파리의 대 귀족 라 몰 후작의 비서가 되어 재기를 노립니다. 이번에도 '사랑'이 출현합니다. 쥘리엥은 도도하기 이를 데 없는 마틸드를 유혹하는 데 성공합니다.

『적과 흑』은 아무것도 가진 것 없는 흙수저 청년의 인생 고충기입니다. 결국, 교수형에 처해지는 비극적 사랑이죠. 마틸드를 임신하게 해 후작이 그에게 귀족 신분을 마련해 주지만 완전한 신분 세탁에는 이르지 못하죠. 완벽한 인생 역전은 실패하게 됩니다.

가만 생각해 보니 제 경우에도 출세를 위해 군인의 길을 걸을 뻔했던 기억이 있습니다. 고등학교 1학년 때 저는 담임선생님과의 진로 상담에서 '육사 진학'을 얘기했습니다. 당시 육사는 학비 등 제반 비용이 들지 않아 가난한 학생들이 많이 선호했던 진학 코스였습니다. 물론 부모님도 좋아했지요. 담임선생님은 '이대로라면 육사에 갈 수 있으니 열심히 하라'고 격려했지만 3학년 때 마음이 바뀌었습니다. 청춘을 육사와 같은 군대 조직에서 보낼 수는 없다는 생각을 하게 되었던 것입니다.

고등학교 남학생에게, 그것도 가난한 시골 학생에게 육사는 출세할 수 있는 몇 안 되는 통로였습니다. 당시 육사는 공부 잘하는 똑똑하지만 가난한 학생들이 택하는, 선택의 여지가 없는 길이었습니다. 쥘리엥이 나폴레옹을 멘토 삼아 군인이 되기로 잠시 생각했던 것처럼 말입니다. 아시겠지만 1980년대에는 육사 출신 대통령은 물론 사회 요직을 군 출신들이 많이 차지하던 시절입니다.

잠시 삼천포로 빠졌지만 『적과 흑』은 정말 재미있는, 드라마틱한 연애 소설입니다. 사랑의 묘사는 그야말로 압권이죠. 스탕달은 사랑을 하면 왜 변덕쟁이가 되는지, 왜 마음과는 다른 행동을 하는지, 왜

극단적인 생각으로 치닫는지, 왜 파랗게 독이 오른 채 질투심에 사로 잡히는지, 도대체 보통 사람들은 종잡을 수 없는 심리를 그려냅니다.

쥘리엥이 레날 부인을 떠나 마틸드로 마음이 옮겨가고, 그런 마음이 드러나고 밀당이 이뤄지는 심리 묘사는 압권입니다. 아마 웬만한 사람은 따라갈 수 없을 겁니다. 오직 스탕달만이 쓸 수 있는 소설이죠. 쥘리엥의 저격으로 레날 부인은 크게 다치지는 않지만 그는 감옥에 수감됩니다. 감옥에서 자신이 진정으로 레날 부인을 사랑했음을 깨달은 그는 살인 의도가 있었음을 부인하지 않았고, 귀족을 농락한 괘씸죄까지 더해져 결국 사형 선고를 받습니다.

쥘리엥은 "저는 언제나 당신을 사랑했고 오직 당신만을 사랑했다는 것을 알아주세요"라며 뒤늦은 고백을 합니다. 하지만 방아쇠는 이미 당겨진 후였습니다. 버스는 이미 떠나버렸습니다. 그는 죽음을 앞두고 감옥으로 찾아온 레날 부인에게도 말합니다. 쥘리엥의 솔직한 심정이죠. "나라고 늘 검은 옷만 입으란 법은 없지…"라고 말입니다. 흙수저 출신의 사내는 그렇게 사랑과 반역, 낭만을 남긴 채 사라집니다.

가난한 목수의 셋째 아들로 태어나 이카로스의 날개를 달고 세상을 조롱하고 호령하려던 남자, 쥘리엥. 그는 결국 사랑했음을 인정하고 단두대의 이슬로 사라집니다. 쥘리엥은 교수형에 처해지지 않고 충분히 살 수도 있었는데 왜 죽음을 택했을까요. 저는 이해가 가지 않습니다. 한 번뿐인 인생을 그렇게 마칠 수는 없지 않나요. 하지만 그는 편안한 마음으로 죽음을 맞이하지요. 이제 진정한 사랑을 알았고,

더 이상 욕심 부리지 않아도 되는 순간이 왔기 때문입니다.

　저는 『적과 흑』을 통해 진정한 사랑의 의미를 알았습니다. 진정한 사랑은 '쥘리엥의 사랑'인가 봅니다. 더불어 『적과 흑』을 보면 스콧 피츠제럴드의 『위대한 개츠비』가 떠오릅니다. 『위대한 개츠비』는 1920년대 미국을 배경으로 현대 물질문명의 이면을 보여주고 있지요. 미국 중서부 빈농 출신 개츠비는 1차 세계대전 중 육군 장교가 되어 신분 상승을 꾀합니다. 흙수저의 신분 상승을 위한 사랑이지요. 이 시점에서 『위대한 개츠비』를 다시 읽어봐야겠다는 생각이 듭니다.

# 죽음을 준비하는 남자,
# 그를 사랑하는 여자

『미 비포 유*Me Before You*』
조조 모예스*Jojo Moyes* 지음

조조 모예스의 『미 비포 유』는 죽음을 준비하는 남자, 그를 사랑하게 되는 여자의 이뤄질 수 없는 사랑 이야기입니다. 사랑이 가득한 로맨스 소설이죠. 『미 비포 유』의 사랑 속으로 들어가 보겠습니다. 소설을 읽은 사람도, 영화를 본 사람도 같이 얘기를 나눠보면 좋을 것 같습니다. 2009년 영국의 작은 시골 마을에서 6년째 카페 웨이트리스로 일하던 스물여섯의 루이자 클라크는 갑자기 해고 통보를 받지요. 졸지에 실업자가 됩니다.

루이자에게 주어진 새 일은 사지마비 환자의 6개월 임시 간병입니다. 간병인으로서의 직업적 소양을 찾아보기 어려운 그녀였지만 돈을 위해 울며 겨자 먹기로 새로운 일에 뛰어듭니다. 주변에서 간병인을 봐서 잘 알겠지만 이 직업은 힘들고 고된 일입니다. 그녀는 그렇게 간병인이 됩니다.

루이자가 돌봐야 할 사람은 윌 트레이너. 그는 사무실로 가기 위해 택시를 잡으려고 길을 건너다 불의의 사고를 당합니다. 그의 몸과 꿈, 모두 산산조각이 나고 말죠. 트레이너는 사지마비 환자가 됩니다. 익스트림 스포츠를 즐기고 정글 같은 M&A(인수합병) 세계에서 맹활약하던 젊은 사업가는 사라지고, 대신 작은 휠체어에 의지할 수밖에 없는 나약한 환자가 되었지요. 휠체어는 윌의 삶을 제한하고, 트레이너는 그런 비참한 삶을 정리하는 좋은 방법을 찾고 있었습니다. 그 방법이라는 것은 여러분이 짐작하는 대로입니다.

이와 같은 비참한 날들을 정리하려고 하는데 엉뚱한 여자가 나타난 것이죠. 너무 당연하지만 남자는 여자를 차갑게 대하고 여자는 그런 남자를 무서워합니다. 하지만 '세월이 약'이라고 했나요. 둘이 함께 하는 시간이 늘어나며 두 사람은 서로에게 익숙해집니다. 윌의 마지막 6개월에 전혀 예상하지 못했던 변수가 나타난 것입니다.

그러던 어느 날 루이자는 윌이 모든 시간을 쏟아 자신의 죽음을 준비한다는 사실을 알게 됩니다. 아뿔싸! 이를 어쩌나요. 루이자는 윌의 눈 속에 숨겨진 두려움에 웅크린 영혼을 발견합니다. 그리고 세상 모든 것을 잃은 남자의 슬픈 삶 속으로 들어가고 맙니다.

여기서 잠깐! 『미 비포 유』를 읽다보면 요즘 국내에서 인기인 모큐멘터리mockumentary가 떠오릅니다. 모큐멘터리는 영화나 텔레비전 프로그램 형태의 하나로 사건이나 상황을 허구로 만든 이야기입니다. 일종의 페이크 다큐멘터리*fake documentary*이죠. 그런데 이 프로그램이 엄청 재미있다는 것이죠. 최근 저는 유튜브에서 〈진짜 사랑〉 시리즈 중 한 편인 '30살 연상 남편과 결혼한 진짜 이유는?'을 봤는데 눈물을 흘릴 뻔했습니다. 조회 수가 210만 회를 훌쩍 넘긴 영상입니다. 21세 재수생인 아내는 남편을 끔찍이도 사랑합니다. 이가 안 좋다고 연근 뿌리도 가위로 잘라줘 먹도록 해줍니다. 이들이 결혼한 이유는 51세 남편이 아내의 평생 은인이기 때문입니다.

아무리 그래도 30세 차이는 너무하지 않나요? 이건 사랑인가요, 사기인가요. 사랑을 빙자한 사기꾼이자, 도둑놈이 분명합니다. 갑자기 저는 억울해집니다. 저와 아내는 다섯 살 차이인데도 아내는 가끔 저보고 '사기 결혼'이라고 협박합니다. 화가 많이 날 때는 저를 사기 혐의로 경찰서에 신고하겠다고도 합니다. (저는 잘못하면 사기죄로 경찰에 체포될 수도 있습니다. 그때는 좀 도와주십시오.) 하긴 아내의 심정도 이해할 수 있습니다. 몇 년 전 아내와 함께 백화점에 가서 가구 매장을 둘러보고 있었습니다. 그때 제 나이 또래의 판매원이 이렇게 말하는 것이 아닙니까?

"아버님 모시고 쇼핑하러 오셨어요?"

아내는 활짝 웃으며 "남편하고 가구 좀 보려고요"라고 말했습니다. 저는 순간 뚜껑이 확 열리는 줄 알았습니다. 하지만 곧 궁금했습니다. 판매원이 일부러 아내의 환심을 사려고 그런 걸까요. 아니면 제가 아내의 아버지로 보였던 걸까요. (정답은 여러분이 맞혀 보시기 바랍니다. 정답자에게

10여 년간의 저널리스트 생활을 접고 탁월한 이야기꾼으로 변신한 조조 모예스의 『미 비포 유』는 흔한 백마 탄 왕자 같은 소설이지만 그래도 흥미진진합니다. 루이자와 윌 사이의 끝없는 유머와 가벼운 대화, 가족과 젊은 남녀의 이야기를 통해 남녀의 사랑을 전합니다. 바로 우리의 삶에 대해, 사랑에 대해, 인간의 본질에 대해, 세상에 대해, 죽음에 대해 다시 생각하게 합니다. 현재 당신의 삶이 사랑으로 가득하든, 이별의 아픔을 겪든, 평생 사랑과 죽음의 무게는 생각해 보지 못한 바쁜 삶을 살았든, 『미 비포 유』는 당신을 자꾸만 책으로 끌어들입니다.

『미 비포 유』는 로맨스 소설이지만 무거운 화두를 던지기도 합니다. 바로 존엄사입니다. 윌은 스스로 죽음을 준비하기 위해 스위스로 떠나지요. 존엄사에 대한 찬반 논쟁은 오래 전부터 이어져 오고 있지만 인간의 생명에 대해 옳고 그름을 판단하기는 매우 어려운 일인 것 같습니다.

이 소설은 아름다운 사랑 이야기이지만 항상 '존엄사 논쟁'이라는 수식어를 달고 있을 만큼 그와 관련된 여러 가지 메시지를 던집니다. 그런 측면에서 사회에 많은 기여를 했지요.

『미 비포 유』는 로맨스 소설이지만 현대 사회에서 교통사고 등으로 윌과 같은 처지가 될 수 있다는 것을 암시하기도 합니다. 그럴 때

과연 어떻게 살아가야 할까요. 어떤 결정을 해야 할까요. 루이자의 동생, 트리나는 언니에게 "지금이야말로 언니가 좋든 싫든 드디어 자기 인생에서 뭘 하고 살지 결정해야 할 때"라고 말합니다. 자기 결정을 하라는 얘기죠.

맞는 말입니다. 자기 인생은 자기가 책임지는 것이지요. 삶의 자기 결정권을 얘기하는 것입니다. 윌의 가족도 각자 상황에 따라 그의 결정이 자신들에게 미칠 영향에 대해 생각하고, 결국 윌의 삶보다 자기 자신의 삶을 먼저 생각하게 됩니다.

존엄사는 중요한 이슈입니다. 국내에서도 지난 2009년 대법원의 '김 할머니 사건' 판결을 계기로 연명 치료 중단 허용과 관련된 기준이 제시됐습니다. 의학적으로 무의미한 신체 침해 행위에 해당하는 연명 치료를 환자에게 허용하는 것은 어떤 의미일까요. 인간의 존엄과 가치를 존중해야 하는 것 아닌가요. 죽음을 맞이하는 환자의 의사 결정은 존중돼야 합니다.

2018년 2월 4일부터 '호스피스 완화의료 및 임종과정에 있는 환자의 연명의료 결정에 관한 법률'이 제정되어 시행되고 있습니다. 복지부 통계에 따르면 지난 2년 동안 연명 치료를 거부하고 존엄사를 택한 사람이 8만5,000명에 달한다고 합니다. 연명 치료 의향서를 미리 작성해놓은 사람은 약 57만 명이나 된다고 하네요. 우리 사회도 급격히 달라지고 있습니다.

『미 비포 유』는 해피엔딩으로 끝나지 않습니다. '나를 사랑한다면 나와 함께 희망을 갖고 살자'는 루이자와 '사랑하기 때문에 생을 이어가는 것이 힘들다'는 윌의 충돌은 계속되지요. 결국, 둘의 사랑으로 윌이 존엄사를 선택하지 않았다면 『미 비포 유』는 진부한 사랑 타령이 되었을 지도 모릅니다. 어쩌면 진정한 사랑은 상대방 사정을 이해하는 것인지도 모르겠습니다.

그래서인지 작가는 에필로그에 윌의 마음을 이렇게 표현합니다. 그냥 당당하게 살아가라고 얘기하며 그녀의 곁을 떠납니다. 윌의 사랑을 엿볼 수 있습니다.

> 그게 아니라 대담무쌍하게 살아가라는 말이에요. 스스로를 밀어붙이면서. 안주하지 말아요, 그 줄무늬 타이츠를 당당하게 입고 다녀요. (534쪽)

# 억울한(?) 채털리 부인을 위한 변명

『**채털리 부인의 연인**_Lady Chatterley's Lover_』
**데이비드 허버트 로렌스**_David Herbert Lawrence_ **지음**

지금부터 살펴볼 소설은 데이비드 허버트 로렌스의 『채털리 부인의 연인』입니다. 줄거리는 대략 다음과 같습니다. 1차 세계대전이 끝날 무렵, 코니의 남편 클리퍼드는 전쟁에서 부상을 입습니다. 설상가상, 성 불구자가 되고 말죠. 여기가 복선일까요. 하지만 클리퍼드는 육체관계보다 정신적 통제와 질서가 훨씬 우월하다고 주장하는 고리타분한 사람입니다. 그래서 아내 코니도 그런 생활에 만족하도록 종용하죠. 하지만 아내는 '정신적 삶과 육체적 삶'에 대한 생각이 남편과는 다릅니다.

이런 코니 앞에 자연과 잘 어우러진 사냥터지기 멜러즈가 짠 하고 나타납니다. 두 사람은 숲속에서 만나 관계를 맺고, 만남이 거듭될수록 코니는 클리퍼드가 말하는 정신주의적 삶의 허위를 깨닫게 되지요. 코니가 언니와 이탈리아로 여행을 떠난 동안 마을에는 채털리 부인과 사냥터지기 멜러즈의 염문이 퍼지고, 임신한 코니는 마침내 클리퍼드와 헤어지기로 결심합니다. 대략적인 줄거리는 이렇습니다.

저는 『채털리 부인의 연인』을 읽을 때마다 몇 가지 생각이 듭니다. 먼저 채털리 부인은 '억울하다'는 것이죠. 무슨 얘기냐면 사람들은 보통 『채털리 부인의 연인』을 무척 외설적인 작품으로 인식하기 때문이죠. 채털리 부인이 불륜의 대명사로 선입견을 갖고 있는 사람이 많습니다. 거기에 불륜이나 선정적인 성적 묘사가 많이 나오는 소설로 알고 있는 사람도 많지요. 얼마 전 엄청난 화제를 일으킨 드라마 〈부부의 세계〉와 비슷하다고 생각하는 사람도 있을 겁니다.

그래서 그런지 몰라도 어떤 사람들은 『채털리 부인의 연인』을 『채털리 부인의 사랑』으로 잘못 알고 있기도 합니다. '이 소설은 좀 야해'라고 말하는 것은 애교 수준이죠. 제목까지 잘못 얘기하면서 야하다는 등, 성적 묘사로 가득 찼다는 등 엉뚱한 얘기를 합니다. 『채털리 부인의 연인』을 읽어본 사람은 저처럼 '야한 소설'이라는 오명에 이의를 제기할 겁니다.

작품 해설을 보면 이인규 번역자는 코니와 멜러즈의 성관계 묘사가 소설에서 여덟 차례에 불과(?)하다고 얘기합니다. 한 편의 장편소설에서 여덟 차례의 성적 묘사는 많은 걸까요, 적은 걸까요. 그것도 아니면 적당한 걸까요.

그들의 성행위도 동일한 성적 쾌락의 반복된 표현이 아니라 두 사람의 부드럽고 따뜻한 육체적 접촉의 완성을 향해 나아가는 과정 중 하나입니다. 각기 다른 양상과 의미를 띠고 있는 것입니다. 그래서 『채털리 부인의 연인』을 덮어놓고 야하다는 잣대로 판단할 일은 아니라고 생각합니다. 코니와 멜러즈의 성관계를 불륜이나 난잡한 섹스로만 볼 것은 아니라는 것입니다. 돈과 기계, 차가운 이성이 지배하는 비인간적인 산업 문명 속에서 진정한 인간다움을 지키고 회복하고자 하는 '로렌스의 방법'이라고 봐주면 안 될까요.

작가 로렌스는 인물과 그들을 둘러싼 배경에 흐르는 상황을 잘 묘사하고 있습니다. 때론 각 장면들이 장황하기도 해서 19세기나 새로운 조류에 의해 쇠락하고 해체되어가는 20세기를 조롱하는 데에 쓰이기도 합니다.

얘기가 나왔으니 한마디 더 하죠. 『채털리 부인의 연인』의 성적인 묘사는 현대 소설이나 인터넷 게시물 등에 비하면 아무것도 아닙니다. 어떤 평론가는 이 소설은 고전적이고 관념적이어서 표현은 오래되고 아름다운 명화의 한 장면을 보는 것 같다고 했습니다. 저도 여기에 동의합니다.

하지만 일부 호사가들의 『채털리 부인의 연인』을 향한 혹평은 계속 이어지죠. 일부에서는 호색문화, 에로티시즘의 고전으로 알고 있기도 합니다. 로렌스를 성 문학의 대가로 인식하는 경우도 있지요.

여기까지는 그냥 참겠습니다. 화가 나는 경우는 이런 경우입니다.

어떤 계기가 되어 『채털리 부인의 연인』을 말하게 될 때 책은 읽어보지도 않고 불륜 소설이라고 단정 짓는 경우입니다. 읽어보지도 않고 어떻게 그렇게 단정적으로 말하는지 이해할 수가 없습니다. 저는 두 번을 읽었는데 크게 야하다는 생각이 들지는 않았습니다. 저만 그런가요.

어떤 경우는 코니가 하는 말에 공감합니다. 그녀는 멜러즈에게 "육체적 삶이 정신적 삶보다 훨씬 진정하게 훌륭한 것이라고 난 믿어요. 육체가 진정으로 깨어 살아 있는 것일 때 그렇다는 거지요"라고 말입니다. 멜러즈도 응수합니다. "남자가 따뜻한 가슴으로 성행위를 하고 여자가 따뜻한 가슴으로 그것을 받아들인다면 세상의 모든 것이 다 잘되리라고 난 믿고 있고"라고 말이죠. 코니와 멜러즈는 정신적인 면, 육체적인 면에서 천생연분이라는 생각이 듭니다.

그런데 이 소설을 읽으며 약간 지루하다는 느낌을 받은 적도 있습니다. 놀랍죠. 제가 두 번째 『채털리 부인의 연인』을 읽을 때였습니다. 조금 야하기는 한데 따분하다는 생각이 들었지요. 그때 저는 언젠가 지인이 준 '와사비 아몬드' 몇 개를 입에 넣었습니다. 그랬더니 정신이 확 들더군요. 그 아몬드 때문인지 지루하다는 생각은 한순간에 없어지고 다시 『채털리 부인의 연인』에 집중했습니다. 주관적인 견해이기는 하지만 책을 읽는 동안 자극적인 와사비 아몬드가 필요하다고 생각합니다.

저도 『채털리 부인의 연인』에서 마음에 들지 않는 부분이 있습니다. 제 별명이 뭔지 아세요? 불만쟁이거든요. 책을 읽는 내내 거슬렸습니다. 바로 멜러즈의 말투 때문인데요. 원서를 보지 못했으니 번역의 문제라고 할 수도 있겠습니다. 물론 원서를 볼 수도 없습니다. 저는 불어를 모르는 '어불성설'입니다.

멜러즈의 입장을 전혀 이해하지 못하는 것은 아니지만 맞춤법을 무시한 무지렁이 말투가 싫습니다. 뭔가 다른 번역이 가능할 수도 있지 않을까 하는 생각이 들었습니다. 예전 사극이나 영화에서 마당쇠가 마님에게 하는 말투가 계속 이어져 불편했습니다. 누군가 새로운 번역을 한다면 멜러즈의 말투를 새롭게 바꿔주시기를 간곡히 부탁드립니다.

이건 전적으로 제 생각입니다만 코니와 멜러즈의 사랑을 더욱 아름답게 묘사하고, 멋지게 표현하기 위해서도 멜러즈의 말투는 바뀌어야 한다고 생각합니다. 이를 의식한 듯 이인규 번역자는 '멜러즈의 영국 중부 지방 사투리는 고민 끝에 결국 소리 나는 대로 적는 방법을 택했다'고 해명합니다. 하지만 그런 해명에도 불구하고 불편한 것은 사실입니다. 다르게 할 수 있는 방법이 없을까요.

저는 그동안 KTX, 지하철, 카페에서 『채털리 부인의 연인』을 읽는 것이 창피했습니다. 야하다는 편견 때문이죠. 하지만 이제는 다른 사람이 뭐라고 하든 자신 있게 이 소설을 펼칠 수 있을 것 같습니다. 그래야 채털리 부인의 억울한 누명을 풀어줄 수 있다고 생각합니다.『채털리 부인의 연인』이 '야한 소설'이라는 세간의 평가에 반기를 들고 싶

습니다. 세 번째 이 소설을 읽을 때는 누가 보든 말든 남보란 듯 자신
있게 읽으려고 합니다.

# 창녀 아이 돌보는
# 아줌마와 소년의 사랑

### 『자기 앞의 생_La vie devant soi_』
### 에밀 아자르_Emile Ajar_ 지음

혹시 『장서의 괴로움』이라는 책을 들어봤는지요? 이 책은 대략 3만 권의 책을 소유한 오카자키 다케시가 집안에 넘쳐나는 책들로 인한 고통을 토로한 에세이입니다. 다케시에게는 괴로움이지만 독자들에게는 읽을거리죠.

『장서의 괴로움』은 책 500권이 넘으면 감당하기가 곤란해진다고 말합니다. 즉, 필요한 책을 찾을 때 어디에 있는지 몰라 난감하다는 것이죠. 저도 서재와 사무실에 있는 책을 헤아려보니 대략 2천 권이었습니다. 이렇게 되면 다케시처럼 괴로움이 따르죠. 분명히 읽은 책인데 어디 있는지 몰라 다시 구매하곤 합니다.

에밀 아자르의 『자기 앞의 생』도 그렇습니다. 분명 읽었는데 서평을 쓰려고 하니 찾을 수가 없습니다. 그래서 다시 주문을 했습니다. 그런데 책이 도착한 다음날 거짓말처럼『자기 앞의 생』이 집 귀퉁이에서 웅크리고 있는 것입니다. 세상에나, 이럴 수가 있나요!

그래서 저는 새 책을, 평소 책을 좋아하는 이승우 박사에게 선물했습니다. 지난해 랄프 왈도 에머슨의『자연』에 이어 두 번째입니다.『자연』도 가지고 있는데 또 구매해서 이 박사에게 줬습니다. 저는『자기 앞의 생』을 건네며 딱 한 가지 주의사항을 말했습니다. "이 책은 중간에 덮을 수가 없으니 시간이 충분할 때 읽으세요!"

이 책에는 유명한 일화가 있지요. 로맹 가리는 42세에『하늘의 뿌리』로 프랑스 최고 권위의 문학상인 공쿠르상을 수상했습니다. 그 후 20년간 비평가들로부터 한물갔다는 평가를 받던 그는 61세가 되던 1975년 에밀 아자르라는 필명으로 발표한『자기 앞의 생』으로 같은 상을 또 받지요. 그러나 공쿠르상은 아무리 뛰어난 작품을 쓰더라도 같은 사람에게 두 번 주지 않는 상입니다. 에밀 아자르는 수상을 거부했지만 공쿠르 아카데미에서 밀어붙여 상을 받게 됩니다.

당시 프랑스 문학계에서는 '에밀 아자르=로맹 가리'라는 사실을 아는 사람이 거의 없었기 때문이라고 합니다. 로맹 가리는 1980년, 스스로 목숨을 끊었는데 유서에 '자신이 에밀 아자르였다'고 고백합니다.

이제 사연 많은 에밀 아자르의『자기 앞의 생』을 감상해 볼까요.『자기 앞의 생』은 자신의 나이도 정확히 모른 채 살아가는 소년 모모와 창녀 아이들을 돌보는 로자 아줌마의 이야기입니다. 과거 몸을 팔아 생계를 유지했던 로자 아줌마는 나이가 들며 모모를 비롯한 비송 거리에 사는 창녀의 아이들을 보살피며 살아갑니다. 물론 약간의 대가를 받긴 하지요. 하지만 같이 살아가는 과정에서 따뜻한 정이 피어납니다.

『자기 앞의 생』은 찐한 사랑 이야기입니다. 그래서 모모는 "하밀 할아버지, 사람은 사랑 없이도 살 수 있나요?"와 같은 질문을 합니다. 하밀 할아버지는 양탄자를 팔며 평생을 떠돌아다녔던 사람으로 비송에 정착해 모모에게 사랑의 중요성을 깨우쳐줍니다. 할아버지는 빅토로 위고를 좋아하는지 항상 그의 책을 끼고 다니며 모모의 멘토 역할을 합니다. 아니 멘토가 아니라 진짜 할아버지 같은 모습을 보이죠.

가끔 할아버지는 "완전히 희거나 검은 것은 없단다. 흰색은 흔히 그 안에 검은색을 숨기고 있고, 검은색은 흰색을 포함하고 있는 거지."와 같은 멋진 대사를 구사하곤 합니다. 오랜 경륜에서 나온 말입니다. 전 개인적으로 이 말이 가슴에 와 닿았습니다.

『자기 앞의 생』에는 사랑이라는 단어가 자주 등장합니다. 모모는 하밀 할아버지에게 수시로 사랑에 대해 묻곤 하지요. 모모와 함께 사는 아이들과 이웃들의 삶은 피폐하지만 소설은 내내 빛을 잃지 않고 영롱하게 빛납니다.

하지만 로자 아줌마는 나이가 들며 움직이지 못합니다. 그는 뚱뚱하거든요. 하지만 걱정 없어요. 그를 위해 자움씨 형제들의 사랑, 여

장남자인 롤라 아줌마의 끝없는 애정, 불쇼를 하며 살아가는 왈룸바 씨의 따뜻한 손길로 그럭저럭 살아갑니다.

하지만 그마저도 한계 상황에 이르죠. 로자 아줌마는 연명 치료를 거부합니다. 이에 모모는 로자 아줌마를 아무도 모르는 은밀한 지하실에 피신시킵니다. 지하실은 로자 아줌마가 이런 상황에 대비하기 위해 미리 만들어 놓은 곳이죠. 유태인 동굴이라고도 불리는 그곳에서 로자 아줌마는 생을 마감합니다.

마지막 순간에도 모모는 로라 아줌마가 본래 얼굴을 잃지 않도록 화장을 고쳐주며, 몸에서 나는 악취를 해소하기 위해 향수를 뿌려주죠. 지금까지 받았던 사랑에 헌신으로 보답합니다.

『자기 앞의 생』의 배경은 사창가입니다. 하지만 소중한 것의 진정한 가치는 역경을 딛고 선 후에 비로소 빛을 발하는 것이죠. 에밀 아자르는 사창가 이야기를 통해 피가 섞이지 않은 아줌마와 소년의 교감을 통해 감동적인 이야기를 들려줍니다.

책의 마지막 부분에는 필명 에밀 아자르를 앞세워 『자기 앞의 생』을 비롯한 4개의 소설을 발표한 로맹 가리가 쓴 최후의 에세이 '에밀 아자르의 삶과 죽음'이 실려 있습니다. 이 글에는 생애 단 한 번만 받을 수 있는 공쿠르상을 두 번이나 수상한 '소설 같은 소감'이 나옵니다. 자살로 삶을 마감한 지 반년이 지나 공개된 20페이지짜리 이 에세이는 '에밀 아자르와 로맹 가리'가 함께 남긴 마지막 작별인사입니다.

『자기 앞의 생』을 읽고 '사랑의 충격'에 휩싸여 멍하니 있는데 책장에서 한 권의 책을 발견했습니다. 지난 2016년 김운하 소설가가 제게 선물한 로맹 가리의 『새들은 페루에 가서 죽다』입니다. 내친 김에 이 책을 읽어야겠습니다. 그런데 왜 새들은 페루에 가서 죽을까요?

# Chapter 7

위로(慰勞)

무엇이 우리에게
위안을 줄까요

이제 마지막 장이네요. 그동안 서툰 글 읽느라 고생하셨습니다. 진심으로 감사드립니다. 우리가 마지막으로 고민해볼 키워드는 '위로'입니다. '위안'이라고도 표현할 수 있겠지요. 사전적 의미의 위로는 따뜻한 말이나 행동으로 괴로움을 덜어주거나 슬픔을 달래주는 것을 말합니다.

사람들은 많은 방법으로 위로를 받습니다. 때론 주기도 합니다. 시나 소설 같은 문학 작품이나 그림, 음악, 영화 등 예술 작품을 통해 위로나 위안을 느끼기도 합니다. 그렇다면 위로에서 가장 중요한 것은 무엇일까요. 무엇이라고 생각하시나요. 그것은 진정성이 아닐까 싶습니다. 그냥 말로만 하는 것이 아니라 상대방이 처한 상황을 정확히 파악한 후 공감할 수 있느냐가 관건입니다. 그래야 상대는 위로받았다는 생각을 하게 될 겁니다.

만약 이런 위로를 받지 못했다면 그 사람의 상처를 치유하지 못하게 됩니다. 오히려 '값싼 위로'를 받았다는 오해를 받기 쉽습니다. 상대방의 공감을 받지 못하는 위로는 도움이 되지 않습니다. 위로가 아니라 위선이 될 수도 있습니다.

위로를 건네는 베스트셀러 『아프니까 청춘이다』와 『미움받을 용기』를 예로 들어보겠습니다. 『아프니까 청춘이다』는 서울대 김난도 교수가 힘들어하는 20대에게 건네는 위로의 말들로 많은 공감을 얻었습니다. 그 후 그는 『천 번은 흔들려야 어른이 된다』는 책을 내기도 했지요. 하지만 김 교수는 구조적인 청년 문제를 단순히 '자신감'을 갖고 극복해 나가자는 뜻으로 비춰져 많은 사람들의 비판에 직면했지요. 더구나 국내 최고의 대학, 서울대에서 학생들을 가르치며 구조적 문제를 지적하지 않고 개인적 위로에만 치중한다고 비난을 받았습니다. 문제를 해결하려는 의지가 약간 부족했던 것 같습니다. 청춘들은 '아프면 환자이지 무슨 청춘이냐'고 반문하기도 했습니다.

저는 이를 보고 김 교수가 억울할 수 있다는 생각을 했습니다. 선의의 따뜻한 마음으로 청춘에게 위로의 조언을 건넸는데 감당하기 어려울 만큼 큰 비난을 받았기 때문이죠. 하지만 이때 든 생각은 위로는 상황에 맞게 진정성을 담아야 한다는 사실입니다. 그렇게 해도 상대방으로부터 공감을 얻을 수 있을지 명확하지 않습니다. 하물며 기성세대의 입장만을 전하는 '꼰대'적 시각에서 벗어나지 못했을 경우 공감을 얻을 수 없습니다.

『미움받을 용기』는 일본 철학자 기시미 이치로와 베스트셀러 작가인 고가 후미타케의 합작품이죠. 아들러 심리학을 '대화체'로 쉽고 맛깔나게 정리한 것으로 우리나라에서도 큰 인기를 얻었습니다. 철학자와 세상에 부정적이고 열등감을 가진 많은 청년이 다섯 번의 만남을 통해 '어떻게 행복한 인생을 살 것인가'라는 모두가 궁금해 하는 질문에 답을 찾아가는 과정을 그렸지요. 불안한 세계에서 나 자신을 보존하며, 긍정적으로 살아갈 수 있을 것인가에 대한 답변을 제시하고 있습니다. 다른 측면으로 보면 불만으로 가득한 청년에 대해 삶을 살아가는 방법에 대해 위로하는 형태를 띠고 있기도 합니다.

하지만 『미움받을 용기』도 결국, '주어진 일에 최선을 다하자'는 뻔한 논리를 펴고 있습니다. 모든 것은 의지의 문제이고, '노오력'이 부족해서 그런 것인 양 주장하는 것을 보면 전반적 이해가 부족해 보입니다.

하버드대 출신 혜민 스님(그는 요즘 풀 소유 문제로 곤경에 처해 있습니다.)의 경우도 비슷합니다. 그는 『멈추면 비로소 보이는 것들』, 『고요할수록 밝아지는 것들』 등의 베스트셀러를 냈지만 책만 많이 팔렸지 사회적으로 별다른 영향을 준 것 같지 않습니다. 오히려 너무나 뻔한 좋은 이야기만 늘어놓아 고뇌에 찬 사람들을 민망하게 만들고, 적어도 해결책은 제시해주지 못하더라도 구조적으로 문제를 바라보고, 해결할 실마리를 제공하지 못하기 때문이죠. 물론 스님의 이야기를 통해 마음의 위로를 얻는 사람도 있지만 저는 주변에서 그런 독자를 만나본 적이 없습니다.

3포 세대(연애, 결혼, 출산), 5포 세대(3포+내 집 마련, 취업), 7포 세대(5포+취미, 인간관계), 나아가 N포 세대라는 말이 널리 회자되고 있습니다. 이런 청춘들에게 진정성 없는 위로는 오히려 화만 돋울 뿐입니다. 위로는 하고 싶은 얘기를 하는 것이 아니라 상대방으로부터 공감을 얻을 수 있는 말을 해야 함을 의미합니다. 진정성 있는 말을 들을 때 '위로'가 되고 '위안'을 얻을 수 있습니다. 그러지 않으면 자칫 말장난에 그칠 수도 있습니다.

슬픔에 젖어 있는 친구에게 필요한 것은 현학적이고 현란한 표현을 구사하는 작가의 말이 아니죠. 진정으로 슬픔을 나누고자 하는 마음과 눈으로 봐주는 친구가 필요합니다. 현재 우리 사회에서 위로의 역할과 중요성은 점점 커지고 있습니다. 그만큼 사회는 불안하고 청춘들은 불만이 많지요. 사회 현실에서 벗어난 어설픈 위로는 해법이 되기는커녕 오히려 본질적 문제를 회피하는 부작용이 될 수도 있습니다. 도움이 되지 않을 수 있다는 얘기입니다.

아이메시지I-message라는 말을 들어 보셨는지요. 상대방으로부터 진정성을 얻고, 다른 사람으로부터 공감을 끌어낼 수 있는 방법을 말합니다. 말장난이기는 하지만 유메시지You-message로는 다른 사람들과 어떤 공감도 얻을 수 없습니다. 제가 개인적으로 권하는 위로 방법은 독서입니다. 지금부터 소개할 『1Q84』,『기사단장 죽이기』와 같은 무라카미 하루키의 소설도 때론 위로가 될 수 있습니다. 『소년이 온다』는 아직도 아물지 않는 사회적 아픔을 달래주고, 『키친』, 『그녀에 대하여』는 횅한 마음을 따뜻하게 감싸줍니다. (『나미야 잡화점의 기적』과 『어린 왕자』는 어떤가요.)

# 마약 김밥처럼
# 읽기를 그칠 수 없는 소설

『1Q84』
무라카미 하루키 지음

거리를 한 번 둘러보십시오. '마약 김밥', '마약 토스트', '마약 옥수수'같이 마약을 수식어로 한 음식들이 눈에 들어옵니다. 제가 이런 생각을 한 것은 무라카미 하루키의 『1Q84』를 읽으면서였습니다. 마치 '마약 소설' 같다는 생각을 했지요.

『1Q84』를 어떤 사람들은 '아이큐팔십사'라고 읽거나 '일큐팔사'로 읽기도 하지만 '천큐팔사'로 읽는 게 맞습니다. 조지 오웰의 소설 『1984』를 염두에 두고 제목을 정했기 때문이죠. 제목에 대한 얘기는 그만하고 하루키의 마약 소설 속으로 들어가 보겠습니다.

『1Q84』는 3권입니다. 1, 2권에는 여주인공 아오마메와 남자 주인공 덴고의 이야기가 교차되는 방식으로 서술되지요. 각 권마다 12개의 장이 아오마메와 덴고의 관점에서 이야기를 풀어나갑니다. 국내의 경우 몇 개월 뒤에 나온 3권은 아오마메와 덴고에 이어 제3의 주인공이 등장합니다. 그는 바로 앞의 두 권에서도 등장한 우시카와입니다. 교단 '선구'를 대신해서 덴고를 회유하려 했던 남자죠.

1, 2권에서 서로 가까운 거리에 있지만 결정적으로 만나지 못했던 사랑하는 아오마메와 덴고는 시간이 갈수록 상대의 존재감을 강렬하게 느끼죠. 다른 한편에서는 그 두 사람을 목표로 삼은 우시카와의 추적 역시 점점 포위망을 좁혀 옵니다.

3권에서 특기할 만한 것은 '한 사람의 죽음과 한 생명의 잉태'죠. 죽음과 삶이 교차합니다. 서로 상반되는 사건이 동시다발적으로 일어납니다. 덴고의 친부가 아닐 것으로 추정되는 아버지가 요양원에서 숨을 거두고, 아오마메는 뱃속에서 태기를 느낍니다. 아오마메는 뱃속의 생명이 그가 선구의 리더를 살해하던 날 수태된 덴고의 아이라고 믿습니다. 책을 읽은 사람은 알겠지만 아오마메는 그날은 물론 그 뒤에도 덴고를 비롯한 누구와도 성적 접촉을 한 적이 없습니다.

아오마메가 리더를 살해하던 시각에 덴고는 온몸이 마비된 상태에서 소설 속의 소설 〈공기 번데기〉의 원 저자인 소녀 후카에리의 몸에 정액을 분출합니다. 즉, 아오마메는 후카에리라는 매개체를 통해 덴고의 아이가 자신의 뱃속에 들어선 것이라고 확신하죠.

저에게 『1Q84』는 해피엔딩으로 끝나는 위로의 소설입니다. 왜냐하면 아오마메와 덴고는 우시카와와 선구의 추적을 따돌리고 마침내 초등학교 시절 이후 20년 만에 재회하며 서로의 사랑을 확인하기 때문이죠. 초등학교 시절에 남녀가 딱 한 번 손을 잡았다는 이유로 20년 넘게 서로를 그리워하며 목숨까지 내놓고 사랑한다는 설정에 전적으로 동의할 수는 없지요. 하지만 무라카미 하루키가 그렇게 소설을 써놓았으니 어쩔 수 없는 일이지요.

"우리는 서로를 만나기 위해 이 세계에 왔어. 우리 스스로도 알지 못했지만 그게 우리가 이곳에 들어온 목적이었어"라고 아오마메는 덴고에게 말합니다. 선구 리더와 우시카와를 비롯한 몇 사람의 목숨을 담보삼고, 희대의 '문학상 대필 사건'을 일으키며, 리틀 피플과 공기번데기라는 수수께끼 같은 존재들이 등장한 것은 두 사람의 20년 만의 재결합을 위한 장치였을 뿐이라는 대목에서는 말문도 막힙니다. 결과적으로 아오마메의 손은 고통에 허덕이며 어른이 되어가는 덴고에게 용기를 불어넣어 줍니다. 20년 전에 잡은 손은 덴고에게 위로가 됩니다.

그동안 하루키의 소설을 즐겨 읽지 않던 저는 이 글을 쓰기 위해 그의 책을 펼쳤습니다. 그 전에 제가 읽은 책은 『색채가 없는 다자키 쓰쿠루와 그가 순례를 떠난 해』뿐이었습니다. 그것도 회사 교육 프로그램으로 얻은 공짜 책이었습니다. 그런 제가 1권(655쪽), 2권(597쪽), 3권(741쪽)을 합쳐 무려 1,993쪽에 달하는 책을 읽었다는 것이 믿기지 않습니다. 저는 『1Q84』를 13일 동안 읽었습니다. 퇴근 후 하루 150여 쪽을 읽은 셈입니다.

앞에서 제가 『1Q84』를 잘 읽히는 마약 소설이라고 했지요. 마약 김밥을 먹다가 중간에 그칠 수 없는 것처럼 이 소설도 읽기를 중단할 수 없지요. 아오마메와 덴고, 그리고 우시카와가 각각 장을 교차하면서 진행되는 이야기에 빠져들 수밖에 없습니다. 하루키는 독자들이 약간 지루할 만하면 떡밥처럼 재미있는 이야기를 던집니다. 그가 가진 마력이라는 생각을 책을 읽는 내내 했습니다.

3권 중 2권은 다소 지루한 감이 들기도 했지요. 그 이유는 아오마메와 덴고의 주 활동 무대가 실내 공간이기 때문입니다. 2권에서 두 주인공은 주로 실내에 머물렀습니다. 그러니 좀 답답할 수밖에 없지요.

『1Q84』는 20년 전부터 오랜 시간을 두고 그리워한 두 연인이 온갖 고난과 역경을 딛고 마침내 하나가 된다는 얘기입니다. 작가의 이야기에 빠져 3권을 읽고 나면 허전한 느낌이 들기도 합니다. 주인공 남녀가 초등학생 때 딱 한 번 손을 잡았다는 이유로 20년 넘게 서로를 그리워하며 목숨까지 내놓고 사랑한다는 설정이 다소 억지스럽기도 합니다. 하지만 순수한 마음 때문에 아름답다는 생각도 듭니다. 요즘의 인스턴트 사랑이 주류를 이루는 세상에서는 상상할 수 없는 일이죠.

독자 여러분도 잘 생각해 보십시오. 혹시 주변에 초등학교 시절 손을 잡았던 첫사랑이 살고 있는지 모를 일입니다. 그런 상상을 해보는 것도 재미있는 일입니다.

국내에서도 하루키를 둘러싼 논쟁은 항상 있습니다. 하지만 그가 탁월한 이야기 전개를 통해 많은 독자들에게 재미있는 읽을거리를 제공해준다는 것은 분명한 사실입니다. 그렇기 때문에서 국내에서 수십억 원의 선인세를 받고 있는지도 모르죠. 하루키의 문학적 특징 중 하나는 무국적성입니다. 국적이 없죠. 이는 경계가 없다는 말이 되기도 합니다.

하루키는 해마다 노벨문학상 후보 작가로 언급됩니다. 일부에서는 그가 마라톤을 열심히 하는 것이 노벨상을 탈 때까지 죽지 말아야 하기 때문이라고 비아냥대기도 합니다. 노벨상은 살아 있는 사람에게만 주어지니까요. 하루키의 국적 없는, 그래서 경계도 없는 소설을 읽노라면 그의 이야기의 마력에 푹 빠지고, 몰입하게 됩니다. 때론 밤을 하얗게 새우기도 하지요. 다음에는 어떻게 이야기가 전개될까 궁금해 책을 덮을 수가 없습니다.

가끔은 저 스스로를 달래야 합니다. 타협해야 합니다. '내일 출근해야 해, 이젠 그만 자!'라며 달래고 침대에 누웠지만 아오마메와 덴고의 목소리에 쉽게 잠을 들 수 없습니다. 일어나서 불을 켜고 아오마메와 덴고와 계속 얘기를 나누고 싶지만, 꾹 참고 잠을 청해 봅니다.

# 메타포와 이데아 사이의
# 기사단장

**『기사단장 죽이기騎士団長殺し』**
**무라카미 하루키 지음**

무라카미 하루키는 2019년 한 언론과의 인터뷰에서 '읽기 시작하면 멈출 수 없는 글'을 쓰고 싶었다고 말했습니다. 그런 이유로 앞에서 저는 『1Q84』를 다소 과장되게 마약 소설이라고 칭했지요. 『기사단장 죽이기』도 그런 측면에서 별반 다르지 않습니다. 일단 한번 읽기 시작하면 웬만한 일로는 책을 덮을 수가 없지요. 저는 주말에 카페에서 『기사단장 죽이기』를 읽다가 식당으로 점심식사를 하러 갔습니다. 음식이 나올 때까지 하루키의 얘기에 계속 빠져들곤 했지요.

옆 테이블에는 엄마와 서너 살 정도의 아들이 밥을 먹고 있었습니다. 그 아이는 저를 흘깃 보더니 엄마에게 "저 아저씨는 왜 밥을 먹으며 책을 봐?" 하고 물었습니다. 저는 못들은 척하고 엄마가 어떻게 대답하는지 궁금했습니다. "재미있는가 보지! 밥 먹어!" 엄마는 제가 하루키의 책을 읽는 것을 알았나 봅니다.

『기사단장 죽이기』는 평범한 이혼남이 기묘한 인물과 사건에 얽매이는 과정을 그리고 있습니다. 주인공은 초상화가입니다. 6년간 같이 살던 아내에게 어느 날 이혼을 통보받습니다. 그리고 그는 별다른 내색이나 대꾸 없이 홀연히 집을 떠납니다.

저는 이 대목에서 작은 공포를 느꼈습니다. 30대도 어느 날 이렇게 이혼을 통보받는데, 40대나 50대는 어쩌란 말인가요. 책의 뒷면에 나오는 광고 카피 '아내의 갑작스러운 이혼 통보 후, 나는 산꼭대기 집에서 새로운 생활을 시작했다'는 작은 전율을 일으킵니다.

주인공은 방황 후 도쿄에 돌아오고, 대학 때 동기였던 친구에게 부탁해 친구 아버지가 머물던 집에 거주를 시작합니다. 물론 친구의 아버지도 유명한 일본화 화가죠. 이때부터 이야기는 본격적으로 전개됩니다. 상당히 부자인 것 같지만 정체가 묘연한 이웃을 만나고, 용도를 알 수 없는 묘지와 구덩이를 발견합니다. '이데아'를 만나기도 합니다. 이야기는 그렇게 점점 흥미진진하게 이어집니다.

1, 2권을 합쳐 모두 64개의 장章으로 구성된 『기사단장 죽이기』에서 하루키는 독자의 궁금증에 대답하면서 또 다른 궁금증을 유발하고, 해결되지 않는 미스터리에 또 다른 미스터리를 추가합니다. 탁월한 이야기꾼이죠. 사람마다 다르겠지만 저는 『기사단장 죽이기』에서 많은 위로를 얻었습니다. 주인공들은 하나같이 자신의 결핍과 상실감을

어떤 방법으로든 해결하고 극복해 나가려고 애씁니다.

저는 개인적으로 '걱정할 것 없네. 시간이 전부 해결해줄 테니'와 같은 기사단장의 말에서 위로를 받습니다. 주인공이 마리에에게 '완성된 인생을 사는 사람은 어디에도 없어. 모든 사람은 언제까지나 미완성이야'라고 하는 말 속에서 가슴이 따뜻해져 옵니다. '그래, 나만 이렇게 찌질하진 않을 거야' 하고 위안이 됩니다. 독자들에 따라 다르겠지만 그래서 저는 『기사단장 죽이기』를 위로의 소설이라고 얘기하고 싶습니다.

『기사단장 죽이기』의 주인공은 상실감을 채우려고 노력하지요. 누군가는 마음속 상처를 치유하기 위해 예술혼을 불태우고, 누군가는 자신의 딸을 찾기 위해 온갖 시간과 비용을 투자하기도 합니다. 어떤 이들은 이웃을 돕고 자신이 유년기에 겪었던 트라우마를 극복하기 위해 존재하는지조차 모르는 저승의 세계에 잠입합니다. 메타포인 셈이죠. 『기사단장 죽이기』 2권의 부제는 '전이하는 메타포'입니다.

이 같은 메타포를 넘어 각자 더 나은 처지에 놓이게 되고, 각자 자신들의 '진짜 모습, 진짜 행복'을 깨닫게 되는 것을 두고 '이데아'라고 합니다. 1권의 부제는 '현현하는 이데아'입니다. 이 같은 철학적 부제는 작품이 현실과 비현실, 현실과 관념을 넘나드는 세계를 담고 있음을 암시합니다.

주인공은 이혼 후 재결합합니다. 이야기는 이혼과 재결합 사이에 있던 9개월간의 스토리이죠. 본격적인 이야기는 산속 화실에서 지내는 주인공이 어느 날 천장 위에 숨겨 있던 도모히코의 미발표작 일본화 '기사단장 죽이기'를 발견하면서 시작됩니다. '기사단장 죽이기'라는 말은 메타포를 없애고 이데아를 추구하는 방법, 혹은 그 과정을 의미합니다. 달리 말하자면 이 방대한 분량의 소설을 이해하는 핵심 단어가 바로 '이데아', '메타포'라고 할 수 있지요.

저는 『기사단장 죽이기』에 흠뻑 빠져 하루키와 같이 기사단장 죽이기에 동참했지만 그런 과정에서 불만이 없을 수는 없습니다. 많은 독자들이 하루키의 책을 읽으며 하루키를 비판합니다. 저도 마찬가지입니다. 이해가 안 되죠. 그럼 읽지 말든지요. 왜 매번 신간이 나올 때마다 득달같이 읽고 가시 돋친 말을 내뱉는지 모르겠습니다.

단점 하나 더 말할게요. 『기사단장 죽이기』에는 문장 부호로써 방점이 너무 많습니다. 특히 강조하고 싶은 문장이나 단어에만 방점을 찍어야 하는데 방점이 너무 많습니다. 방점 난무! 너무 강조하다보면 강조되지 않는 게 현실입니다.

# 당신은 지금도
# 『어린 왕자』를 읽나요?

『**어린 왕자**_Le Petit Prince_』
**앙투안 드 생텍쥐페리**_Antoine de Saint Exupery_ **지음**

─────────────────────────────●

※ 주의: 어른이 이 글을 읽을 때는 반드시 동심으로 돌아갈 것

이번 책은 『어린 왕자』입니다. 전 세계 독자들에게 가장 사랑받는 프랑스 작품 중 하나인 앙투안 드 생텍쥐페리의 소설이죠. 무엇보다 생텍쥐페리가 직접 그린 삽화를 보지 않은 사람은 없을 것입니다.

저는 『어린 왕자』 얘기를 어떻게 끌어가야 할지 한참을 고민했습니다. 『어린 왕자』를 모르는 사람은 없기 때문이죠. 그러다 번역자 이야기로 시작하기로 했습니다. 이번에 제가 20여 년 만에 다시 읽은 『어린 왕자』는 고故 황현산 역자의 번역본입니다. 그는 지난 2018년 작고했지요.

제가 이 『어린 왕자』를 고른 이유는 순전히 그의 산문집 『밤이 선생이다』 때문입니다. 『밤이 선생이다』는 논문이나 문학 비평이 아닌 글로는 황현산이 처음으로 엮어낸 책입니다. 이 책은 에세이의 교과서로 불립니다. 특히 저는 『밤이 선생이다』 중에서 시와 관련하여 얘기하는 데서 공감했습니다. 시를 전혀 모르는 저는 요즘 같은 시대에 '시가 무슨 소용인가?'라는 생각을 하기도 했거든요. 하지만 그게 아니었습니다.

시는 드라마의 톡톡 튀는 대사의 연원이 되기도 하고, 광고도 시가 창출한 이미지에 기대며, 시를 통해 새롭게 힘을 얻어간다는 얘기를 읽었기 때문입니다. 사람들은 대중가요를 들을 때 '이건 시다'라고 말한다는데 황현산의 얘기에 고개를 끄덕이지 않을 수 없었습니다.

어쨌든 저는 『밤이 선생이다』를 읽은 기억으로 황현산이 번역한 『어린 왕자』를 골랐습니다. 국내에는 1973년 문예출판사가 『어린 왕자』를 단행본으로 출간한 이래 400여 개 출판사에서 이 책을 출간하고 있다고 합니다.

너무 유명한 『어린 왕자』지만 간단하게 내용을 살펴보겠습니다. 때론 시처럼, 때론 동화처럼 집필된 『어린 왕자』를 읽는다는 것은 어린이는 물론 어른들에게도 큰 기쁨입니다.

사하라 사막 한가운데 불시착한 비행사가 어린 왕자를 만나 그와 이야기를 나눕니다. 어린 왕자는 "양 한 마리 그려줘"라고 부탁하며 시작하죠. 이후 그는 몇 군데의 별을 돌아다닌 후 지구에 와서 뱀, 여우, 조종사와 친구가 됩니다. 여우와 어린 왕자는 '세상에서 하나밖에 없는 꼭 필요한 존재'로 남게 됩니다. 이들은 '길들여진다는 것'은 관계를 맺는 것이고, 서로가 서로에게 유일한 존재가 되는 사실을 배우게 됩니다. 어린 왕자는 여우로부터 '내 비밀은 이거야. 아주 간단해. 마음으로 보아야만 잘 보인다. 중요한 것은 눈으로는 보이지 않는다.'라고 의미심장한 말을 던집니다. 어른의 시선으로는 한계가 있지요.

어린 왕자는 여러 별을 여행합니다. 그러면서 세상을 배웁니다. 아니 배운다기보다는 어른들의 메마른 삶을 직시하게 되고, 현실에 대한 비판을 하게 됩니다.

즉, 어린 왕자는 권위만 내세우는 왕과 자책만 일삼는 술꾼, 소유하는 것만이 중요하다고 생각하는 부자, 책상에서 세상의 지도를 그리는 지리학자, 일에 중독되어 있는 가로등 켜는 사람 등 많은 사람들과 만납니다. 그들로부터 이해할 수 없는 사실을 깨닫기도 하지요.

어린 왕자는 마지막 별로 지구를 선택해 가게 됩니다. 거기서 뱀과 장미꽃을 만나게 되고, 어떤 마음으로 바라보느냐에 따라 세상이 달라질 수 있음을 깨닫게 됩니다. 『어린 왕자』를 모르는 사람은 거의 없을 것 같기 때문에 이 정도에서 마치도록 하겠습니다. 어른에게 보내는 위로는 이만 줄이겠습니다.

20여 년 만에 다시 읽었지만 『어린 왕자』에는 몇 가지 특징이 있습니다. 첫째, 재미입니다. 코끼리를 삼킨 보아뱀을 그려놓고, 이 그림이

'모자냐? 보아뱀이냐?'를 놓고 티격태격하는 모습이 너무 재미있죠.

다음으로 『어린 왕자』는 단편소설이라는 것이죠. 잠깐만 시간을
내면 읽을 수 있지요. 저는 퇴근 후 간단한 집안을 마치고 잠들기 전
에 읽었습니다. 그러다 졸리면 잠자리에 들었습니다. 그렇게 이틀 만
에 『어린 왕자』와의 수십 년 만의 재회는 끝났습니다.

무엇보다 재미있는 것은 이야기도 이야기지만, 생텍쥐페리가 직접
그린 그림 구경만으로도 흥미롭다는 것입니다. 앞에서 저는 국내의
경우 400여 개의 출판사에서 『어린 왕자』를 발간했다고 했는데 출판
사마다 표지 그림이 다른 경우를 발견할 수 있었습니다.

저는 불문학 전공자를 부러워한 적이 있습니다. 한때 저희 연구원
에 근무한 인턴과 얘기를 나누다 보니 그의 전공은 불문학이었습니
다. 그는 대학에서 생텍쥐페리의 『어린 왕자』, 『야간비행』 등을 원서
로 읽으며 수업한다는 이야기를 들려주었습니다. 저는 불어를 하지
못하기 때문에 당연히 원서로 읽을 수 없지요. 사람은 자기가 갖지 못
한 것을 부러워합니다. 그 인턴은 '알베르 카뮈의 소설도 원서로 읽었
다'며 저에게 자랑을 늘어놓았습니다. 아, 원어로 명작을 읽으면 어떤
느낌일까요. 자못 궁금해집니다.

# '궁금해'와 '잘난 척'의 인생문답

**『한입 코끼리』**
황경신 지음

※ 경고 : 『어린 왕자』 주의와 같음

황경신의 연작소설 『한입 코끼리』는 여덟 살 소녀와 373살 보아뱀이 만나 동화를 함께 읽으며 세상을 배워가는 이야기입니다. 둘의 나이 차이는 365살이네요. 도저히 어울릴 수 없는 나이입니다. 세대 차이라는 말로는 설명이 안 됩니다. 그럼에도 둘은 친구처럼 동화 여행을 떠납니다.

『한입 코끼리』는 섬세한 감정, 삶에 대한 성찰이 돋보이는 열여덟 편의 글을 모은 것입니다. 어느 날 『어린 왕자』의 책갈피에서 슬그머니 빠져나온 보아뱀과 소녀가 함께 그리는 동화입니다. 보아뱀은 돌담에서 뱀이 기어 나오듯, 꽃밭에서 꽃뱀이 스며 나오듯 슬그머니 이야기에 합류합니다. 은근슬쩍 말입니다.

　소녀는 그림 형제의 동화 열여덟 편을 보아뱀과 함께 읽으며 세상을 배워 나갑니다. 궁금한 것이 많은 소녀와 잘난 척하기 좋아하는 보아뱀이 주고받는 질문과 대답 속에서 우리들 삶의 모습을 엿볼 수 있지요. 둘은 찰떡궁합입니다. '궁금해' 소녀와 '잘난 척' 보아뱀의 케미가 환상적이죠.

　『한입 코끼리』에는 보아뱀과의 첫 만남을 그린 프롤로그와 보아뱀의 시점에서 되돌아보는 에필로그가 있습니다. 그리고 열여덟 편의 이야기가 담겨 있지요. 프롤로그는 '한입 코끼리'이며, 에필로그는 '코끼리 한입'인데 뭐가 다를까요. 한번 찾아보세요. 결과적으로 『한입 코끼리』는 그림 형제의 동화를 바탕으로 소녀의 눈으로 질문하고, 보아뱀의 시선으로 의미를 다시 읽는 동화집이라고 할 수 있습니다. 주목할 것은 소녀가 던지는 질문이 현재 우리들이 삶에서 부딪히는 질문과 다르지 않고, 그에 답하는 보아뱀의 말들이 이 세계의 진실을 담백하게, 때론 솔직하게 보여준다는 점입니다.

　아홉 번째 이야기 '장화 신은 고양이'의 예를 들어볼까요. 보아뱀은 이런 말을 던집니다. 역시 보아뱀은 373살 먹은 지혜의 뱀답습니다. 보아뱀의 얘기에 귀 기울여 보겠습니다.


　"너는 항상 질문을 해야 해. 어른이 되어서도 말이야. 질문을 하는

건, 절대로 창피한 게 아니야. 제대로 된 질문은 대답보다 힘이 세니까." (136쪽)

어떤가요. 저도 앞으로 보아뱀의 얘기를 명심하며 살아가야겠습니다. 잘못하면 뱀보다도 못한 인간이 되기 십상입니다. 독자들은 언제든지 책 속에서 보아뱀을 만날 수 있습니다. 그가 잠들어 있으면 '보아! 일어나봐' 하고 깨우면 됩니다. 다만 깊은 동면에 들어갔을 때는 인내가 필요하지요. 도저히 깨어날 기미가 보이지 않을 때 우리는 보아뱀을 부를 수 있습니다. 『한입 코끼리』를 펼치면 보아뱀은 언제든지 나타나죠.

보아뱀은 라푼젤, 빨간 모자와 늑대, 브레멘 음악대 등을 시작으로 늑대와 일곱 마리 아기 염소, 황금 거위, 완두콩 공주까지 재미있고 다양한 이야기를 독자들에게 전해줍니다. 『한입 코끼리』는 소설과 한 권의 화보집이 어우러진 책입니다. 우리들 모두의 가슴 속에 숨어 있는 어린 시절의 보석을 꺼내 새롭게 비쳐줄 수 있도록 돕습니다.

더 나아가 현재가 힘들고 어려울지라도 얼마나 아름다우며, 누군가에게 얼마나 사랑받아온 존재인지를 깨닫게 해줍니다. 그런 의미에서 『한입 코끼리』는 마음을 시원하게 해주는 청량제 같은 이야기입니다.

『한입 코끼리』에서 자꾸 눈이 가는 것은 바로 그림입니다. 황경신 작가와 이인 화백의 컬래버레이션이 압권이죠. 표지부터 본문까지 50

점이 넘는 작품이 옛날 할머니처럼 이야기에 맛을 더해줍니다. 그림만으로도 또 다른 세계를 엿볼 수 있습니다.

저는 2016년 첫 책 출간 후 작가로 활동하고 있지만 글을 쓸 때마다 그림이나 삽화에 대한 고민이 따릅니다. 그림이 들어가면 책이 더 폼나는 것은 물론, 이야기를 전개하는 데도 힘을 받을 수 있지요.

솔직히 고백하자면, 『한입 코끼리』를 읽으며 부끄러웠습니다. 왜냐하면 열여덟 편의 동화 중에 제가 어릴 때 읽은 동화가 거의 없었기 때문이죠. 겨우 이름만 들어봤을 뿐입니다. 백설 공주와 일곱 난장이를 제외하고 거의 모든 동화가 낯설었습니다.

『한입 코끼리』에서는 373살 먹은 보아뱀이 나오지만 저와 친구들은 실제 뱀을 친구삼아 놀았습니다. 놀이용으로 뱀을 잡고, 풀어주고 다시 잡기를 반복했습니다. 저와 친구들은 여덟 살 소녀처럼 뱀과 친구처럼 지냈지요.

『한입 코끼리』를 읽으며 '독서에도 때가 있다'라는 말을 실감합니다. 만약 여기에 나온 동화 대부분을 제가 10대 때 읽었더라면 어떠했을까요. 어린 시절 동화를 읽은 기억이 없는 저에게 열여덟 편의 동화는 다른 사람의 이야기처럼 들릴 때도 많습니다. 『한입 코끼리』에는 작가의 말이 맨 나중에 나옵니다. 그런데 참 멋집니다. 그 말을 인용하며 이 글을 맺고 싶습니다.

한때 존재했다는 증표가 깔끔하고 단호하게 사라져도, 사람의 기억과 시간은 여전히 내 삶을 받쳐 들고 있다. 그 힘에 기대어 흘러온 나날들이 나로 하여금 막연하고 난감한 질문을 겁 없이 던지게 했다. 그러한 질문들이 또다시 수없는 길들을 만든다. 그 길들이 나를 어디로 이끌지 알 수는 없지만, 나는 언제까지나 사람의 손을 놓지 않을 것이다. (312쪽)

# 나미야의
## '따뜻한' 상담 편지

『나미야 잡화점의 기적ナミヤ雑貨店の奇蹟』
히가시노 게이고東野圭吾 지음

　'『나미야 잡화점의 기적』은 어떤 책일까?' 서점에 갈 때마다 좋은 자리에서 저를 빤히 쳐다보는 이 책의 내용이 궁금했습니다. 하지만 그냥 지나쳤습니다. 그러다 『방탄 독서』 집필을 계기로 『나미야 잡화점의 기적』을 펼쳤습니다. 책을 읽은 후, 왜 이 책이 남녀노소를 가리지 않고 전 세대, 모든 연령층에서 사랑받는지 이유를 알았습니다. 왜 현재까지 우리나라에서 100만 부 이상 팔렸는지 짐작이 갑니다.

　이 소설은 젊은 층이 특히 좋아한다고 합니다. 국립중앙도서관 산하 전국 845개 도서관의 3년간(2017년 1월~2019년 4월) 20대 대출 도서를 보니 단연 1위입니다. 2위는 한강의 『채식주의자』, 3위는 하야마 아마리의 『스물아홉 생일, 1년 후 죽기로 결심했다』입니다.

20대가 가장 좋아하는 소설과 데이트 한번 해보시죠. 나미야 잡화점에서 도대체 어떤 기적이 일어나는지 같이 읽어보겠습니다. 히가시노 게이고는 판타지, 추리, 휴먼 등 3박자를 갖춘 이야기꾼입니다. 『나미야 잡화점의 기적』은 3인조 좀도둑이 경찰의 눈을 피해 도망치던 중 사람이 없을 것으로 보이는 낡은 건물 속으로 숨으며 시작됩니다. 급한 마음에 하룻밤만 숨을 계획으로 들어간 폐가에서 신기한 경험을 하게 되죠. 놀라운 일이 펼쳐집니다.

한밤중에 잡화점 우체통에 들어 있는 편지 한 통으로부터 이야기는 시작됩니다. 누가 넣었는지 모르는 고민 편지를 받은 좀도둑은 편지가 과거로부터 왔다는 사실을 깨닫게 됩니다. 이게 어떻게 된 일인가요. 이야기는 과거와 현재가 혼재돼 있습니다.

하지만 좀도둑임에도 불구하고 세 사람은 난상토론 끝에 '어떻게든 도와주고 싶은 마음에' 답장을 씁니다. 옛날 누구든지 고민 편지를 보내는 사람에게 답장으로 상담을 해주던 '나미야 잡화점의 부활'은 이렇게 시작되죠. '어떤 고민이든 상담해 드립니다'라는 나미야 잡화점의 캐치프레이즈는 이와 같은 방식으로 시공간을 초월해 다시 살아납니다.

그런데 흥미로운 것은 고민 상담자가 '전문가'가 아니라 사회에서 소외된 '루저'라는 것이지요. 예전에는 나미야 잡화점의 노인이었고, 지금은 좀도둑이니 그런 생각이 들만도 합니다. 어쨌든 과거와 현재가 교차하는 가운데 나미야 할아버지와 좀도둑이 고민을 상담합니다.

'노인과 도둑이 무슨 상담을 하겠어?' 하고 생각하면 오산입니다.

시대 상황의 변화만큼 할아버지와 좀도둑의 상담 방식에도 차이가 납니다. 할아버지는 '그냥 대충대충 답장하라'는 아들의 푸념에도 아랑곳하지 않고 고민의 정도에 상관없이 아주 정성스럽게 답을 해줍니다. 심지어 '공부하지 않고도 시험에 백 점 맞을 수 있는 방법'을 묻는 한 어린아이의 장난스런 질문에도 머리를 싸매고 고민합니다. '선생님께 부탁해서 당신에 대한 시험을 치게 해달라고 하세요. 당신에 관한 문제니까 당신이 쓴 답이 반드시 정답입니다'처럼 말입니다.

반면 좀도둑의 고민 상담은 그들을 닮아⑺ 직설적입니다. 밑바닥을 전전하면서 빈집털이로 하루하루를 살아온 이들은 '돌직구'를 던집니다. 하지만 어처구니없게도 이 같은 충격요법은 상담자들의 마음을 움직이고, 인생을 바꾸는 계기가 됩니다.

당황하셨죠. 아무리 소설이라지만 좀도둑의 충고를 듣고 인생을 바꾸는 계기가 됐다는 게 말이 됩니까? 하지만 『나미야 잡화점의 기적』은 소설입니다. 논픽션이 아닌 픽션이죠.

히가시노 게이고는 나미야 잡화점을 중심으로 연결되는 인물을 통해 인생은 나 혼자만의 힘으로 살아가기 어렵다는 점을 얘기합니다. 얘기를 좀 확장하면 인생은 혼자만의 힘으로 살아갈 수 없다는 것이죠.

나미야 할아버지는 자신의 고민 상담이 실제 사람들에게 도움이 됐는지 궁금해 합니다. 도움은커녕 안 좋은 결과를 만들지는 않았는지 걱정하지요. 그래서 나미야 잡화점의 증손자가 9월 13일 하루 동안 '나미야 잡화점, 단 하룻밤의 부활'이라는 이벤트를 벌입니다. 결과는 '아주 좋음'입니다.

우리는 고민을 해결하는 주체는 다른 누구도 아닌 '자기 자신'이라는 것을 잘 알고 있습니다. 충고는 해줄 수 있지만 선택은 본인의 몫이죠. 문제를 해결하느냐 마느냐는 본인의 마음가짐에 달려 있습니다.

이제 마무리해야 할 시점입니다. 나미야 할아버지에게 마지막 상담을 하는 사람은 좀도둑입니다. 아무것도 쓰지 않은 '백지로 보낸 편지'에 과거의 나미야 할아버지는 답장을 보냅니다. 답장을 읽은 좀도둑은 거짓말처럼 새로운 인생을 살게 됩니다. 해피엔딩이지요.

'백지로 보낸 편지'에 대한 답장은 어쩌면 독자에게 보내는 할아버지의 충고이기도 합니다. 히가시노 게이고가 『나미야 잡화점의 기적』에서 하고 싶었던 얘기인지도 모르겠습니다.

진정한 고민 상담은 자기 자신과의 진솔하고 진지한 대화입니다. 할아버지는 '부디 스스로를 믿고 인생을 여한 없이 활활 피워보시기를 진심으로 기원합니다'라고 끝을 맺고 있습니다.

여러분에게는 지금 어떤 고민이 있나요? 만약 누군가 당신에게 고민을 털어놓는다면 어떤 답을 하실 건가요? 이에 대해 아직 별다른 답을 얻지 못했다면 『나미야 잡화점의 기적』을 읽어볼 것을 권합니다. 히가시노 게이고와 대화를 하며 힌트를 얻는 것은 어떨까요?

뜻하지 않게 잡화점의 할아버지나 좀도둑으로부터 획기적인 아이디어나 돌파구를 얻을지도 모릅니다. 『나미야 잡화점의 기적』은 술술 읽혀 하루만 투자하면 충분히 읽을 수 있습니다.

저는 예전에 길거리를 걷다보면 20, 30대 젊은이들이 타로 가게 앞에 줄지어 기다리는 모습을 보고 궁금했습니다. 미래에 대한 불안 등으로 타로 가게를 찾는 젊은이가 많다는 것은 잘 압니다. 5천 원에서 1만 원으로 고민을 상담할 수 있는 방안은 타로 점밖에 없을지도 모르지요.

하지만 제가 대안을 제시합니다. 바로 『나미야 잡화점의 기적』을 읽는 겁니다. 좋은 해결책이 될 수도 있지요. (책은 전국 845개 도서관에서 빌려 봐도 됩니다. 그것도 싫으면 제게 연락주시면 대출을 해 드리겠습니다.)

# 문학이 광주 시민에게
# 전하는 위로

『소년이 온다』
한강 지음

『소년이 온다』를 언제 읽었는지 정확하게 기억나지 않습니다. 하지만 이 글을 쓰기 위해 『소년이 온다』를 다시 펼쳤지요. 그때는 공교롭게도 2020년 5월 16일이었습니다. 그리고 3일 동안 읽었습니다. 읽기는 5월 18일에 마쳤지요. 이게 무슨 운명인지 모르겠습니다. 임레 케르테스의 『운명』인가요.

막연하게 '5월에는 『소년이 온다』를 한 번 더 읽어야지!' 하고 생각했는데 날짜가 이렇게 5·18과 겹칠 줄은 몰랐습니다. 그러고 보니 『소년이 온다』가 처음 나온 것도 2014년 5월 19일입니다. 『소년이 온다』는 5월에 잘 어울리는 소설입니다.

한강의 『소년이 온다』는 1980년 광주에서 벌어진 5·18 민주화운동을 배경으로 하고 있습니다. 계엄군과 맞서다 죽음을 맞게 된 중학생 동호와 그 주변 인물들의 참혹한 운명을 그렸지요. 소설은 1980년 5월 18일부터 열흘 동안 있었던 광주민주화운동 당시의 상황, 그 이후 남겨진 사람들의 이야기를 담았지요. 이야기의 주인공들은 깊은 좌절과 비애를 느끼며 살아갑니다. 주어진 삶을 살아갈 뿐입니다.

『소년이 온다』의 배경은 5·18 당시 도청 상무관이죠. 이곳에서 시신 관리를 돕는 중학교 3학년 동호, 계엄군이 쏜 총에 맞아 쓰러져 죽은 동호의 친구 정대, 동생 뒷바라지를 하다 그해 봄 행방불명된 정대의 누나, 정미의 이야기가 전개됩니다. 5·18 때 붙잡혀 당한 끔찍한 고문의 트라우마로 인해 제대로 삶을 살아가지 못하며, 고통과 공포, 무력감 속에서 시달리거나 때론 자살로 생을 마감하는 인물들의 이야기도 그려집니다.

하지만 『소년이 온다』에는 단 한 번도 '5·18'이나 '광주' 등의 단어가 나오지 않습니다. 많은 사람들이 알고 있는 잔인하고 선정적인 묘사도 없습니다. 그런데도 광주민주화운동 당시의 상황을 잘 묘사하고 있지요. 이게 소설의 힘, '한강의 힘'이 아닌가 하는 생각이 듭니다. 구구절절 신파가 없어도 당시 상황을 가늠할 수 있도록 상처와 아픔이 선명하게 그려졌습니다. 처음부터 끝까지 너무나 덤덤한 문체는 마치 별 거 아닌 듯 시작하지만, 책장을 넘기면 넘길수록 인물들의 경험이 휘몰아치며 책에서 손을 뗄 수 없게 만듭니다. 이처럼 『소년이 온다』는 당시 상황을 찍은 동영상이나 사진보다 어떤 측면에서는 더 탁월하다고 할 수 있습니다. 『소년이 온다』는 약한 듯하지만 표현할 수 없을 만큼 강합니다.

『소년이 온다』는 창비 문학블로그 '창문'에 연재됐던 작품입니다. 광주민주화운동 문학 작품의 새로운 차원을 전개했다는 평가를 받았죠. 『소년이 온다』는 광주 지역은 물론 다른 사람들에게 '문학적 위로'가 될 수 있습니다. 광주 시민은 물론 다른 사람들에게도 위로가 됩니다.

한강은 책 말미에 '이 책을 쓰면서 도움을 받은 자료들 가운데 『광주오월민중항쟁사료전집』(한국현대사사료연구소, 풀빛, 1990)과 『광주, 여성』(광주전남여성단체연합, 후마니타스, 2012), 「우리들은 정의파다」(감독 이혜란), 「오월애」(감독 김태일), 「5·18 자살자-심리부검보고서」(연출 안주식)에 각별히 감사드린다. 그리고, 내밀한 기억들을 나눠주시고 오래 격려해주신 분들께 마음 깊이 감사드린다'고 쓰고 있습니다.

저는 독자를 대표해서 한강 작가에게 답장을 쓰고 싶습니다. 이렇게 말입니다. '우리 모두의 아픔인 5·18 민주화운동을 『소년이 온다』처럼 잘 그려줘서 고맙습니다. 폭력적이거나 선정적이지 않게 묘사해서 어떤 다른 자료보다 의미 있어 보입니다. 광주 지역 사람들은 물론 광주를 기억하는 모든 사람에게 위로가 됩니다.'

저는 어떤 형태로든 5·18 광주민주화 항쟁의 아픔을 달래줄 수 있었으면 좋겠다는 생각입니다. 그 방식은 어떤 것이든 상관없습니다. 소설이든, 시든, 노래든, 영화든, 연극이든 무엇이든 좋습니다. 다양한 형태로 그 아픔을 달래주고 위로할 수 있다면 좋은 일입니다. 동시대를 살고 있는 우리에게는 그럴 의무가 있습니다.

# 부엌에서의 행복한
# '상처 깁기'

『키친キッチン』
요시모토 바나나吉本ばなな 지음

요시모토 바나나의 『키친』은 '내가 이 세상에서 가장 좋아하는 장소는 부엌'이라며 부엌 예찬으로 시작합시다. 인상적인 첫 문장입니다. 『키친』은 맛깔스러운 문장 속에 한 개인의 고독과 실존을 담아냅니다. 요시모토 바나나는 라이트 소설(가벼운 대중 소설)을 추구하는 작가 중 한 사람입니다.

『키친』은 가족 관계에서의 고독과 허무를 제시하며 화두를 던졌다가 결국에는 위로하는 형태로 이어지고 있지요. 그 과정에서 비롯되는 슬픔, 우울을 따뜻하게 극복해 나가는 소설입니다. 어머니가 요리하는 부엌은 언제나 따스함이 스며 있습니다. 차가운 부엌은 상상하기 힘들죠.

『키친』은 요시모토 바나나의 데뷔작이기도 합니다. 〈키친〉, 〈만월〉, 〈달빛 그림자〉 등으로 구성돼 있습니다. 또한 사랑하는 사람의 죽음으로 남겨진 이들의 슬픔을 묘사합니다. 주인공 사쿠라이 미카게라는 젊은 여성은 할머니의 죽음을 극복하려 안간힘을 씁니다. 갑자기 그의 반쪽이 사라졌으니 그럴 만도 합니다.

미카게는 꽃집에서 유이치와 가까이 자라서 그런지 그와 트랜스젠더 어머니인 에리코와 함께 살게 됩니다. 그녀는 거기서 머무는 동안 유이치와 에리코와 정이 쌓여 가족의 일부가 되어갑니다. 하지만 영원한 것은 없지요. 그녀는 요리 교사 조교로 새로운 일자리를 찾은 후 이사를 합니다. 후에 에리코가 죽었다는 것을 알게 되자 이제 어려운 시기에 직면한 유이치를 도와주려 합니다. 인생은 기브 앤 테이크*give and take*입니다.

미카게는 유이치가 자신을 사랑하는 것을 느낍니다. 여성의 감感이죠. 그녀는 돈가스 덮밥을 먹으러 식당에 갔을 때 유이치를 위해 포장 배달을 결심하죠. 그리고 '배달의민족'을 시키지 않고 자신이 직접 배달합니다. 미카게는 '혼자 먹기가 아까울 정도로 맛있어서 가져 왔다'고 설명합니다. 그리고 배낭에서 돈가스 덮밥을 꺼냅니다.

이건 사랑일까요. 우정일까요. 아니면 또 다른 무엇일까요. 사랑하는 여인으로부터 도시락을 배달받으면 기분이 어떨까요. 얼마나 행복할까요. 여러분은 그런 경험을 갖고 있나요. 결혼 전, 저는 아내와 데이트할 때 아내가 해준 볶음밥을 자주 먹었습니다. 다른 반찬은 없었는데도 그야말로 꿀맛이었습니다. 그 맛을 잊을 수가 없습니다. 이번 주에는 아내에게 볶음밥을 해달라고 졸라야겠습니다. 갑자기 볶음밥이 먹고 싶습니다.

『키친』의 번역자 김난주는 요시모토 바나나의 초기 작품을 한마디로 '상처 깁기'라고 정의했습니다. 『키친』은 행복한 '상처 깁기'의 원형을 보여준다고 설명하고 있지요. 그는 『키친』을 읽는 재미는 행복한 환상처럼 우리들의 상처를 소리 없이 감싸 안는 따스한 이들과의 만남, 동시에 요시모토 바나나 문학의 원형을 만나는 것이라고 말하고 있지요. 맞는 말입니다. 전적으로 공감합니다.

저는 『키친』을 읽으며 이런 생각을 했습니다. 만약 비슷한 상처를 안고 있는 사람끼리 상처를 보듬어주지 못한다면, 이 세상은 존재할 수 있을까요. 비슷한 상처를 안은 사람끼리 안아주지 않는다면, 세상은 얼마나 살벌해질까요. 바나나는 '상처 깁기'가 세상을 지탱하는 힘이라고 여기는 듯합니다. 여러분도 동의하시는지요.

『키친』에서 바나나는 부엌을 홀로 추운 곳에서 죽든 누군가가 있는 따뜻한 곳에서 죽든 두려워하지 않고 모든 것을 냉정하게 바라볼 수 있는 공간으로 그리고 있습니다. 부엌에 대한 새로운 접근법입니다. 저는 지금까지 부엌에 대해 이런 생각을 해본 적이 없었습니다. 하지만 우리나라에서의 부엌은 다르죠. 우리나라의 부엌은 여성들의 비애와 슬픔, 좌절이 고스란히 담긴 공간입니다. 가사 노동의 현장이라고 할 수 있습니다. 어떤 평론가는 바나나가 한국에서 빠른 속도로 공감을 얻을 수 있었던 이유로 이런 현상을 설명하기도 합니다.

부엌의 의미가 점점 변화하고 있습니다. 과거에는 여성들의 즐겁지 않은 전용 가사 노동의 공간이었다면 지금은 남녀 모두의 공동 작업 공간으로 바뀌고 있습니다. 저는 요리 솜씨가 없어 음식 준비는 하지 못하지만 설거지는 도맡아 하고 있습니다. 그러지 않으면 아내와 딸의 따가운 시선을 감당할 수 없지요. 따가운 시선을 받기 전, 먼저 설거지를 하려고 합니다.

매일 설거지를 하다 보니 요령도 늡니다. 무엇보다 처음에는 지저분했던 부엌을 깔끔하게 정리하면 마음까지도 깨끗이 정리되는 느낌이 듭니다. 머리가 복잡하고 여러 가지 복잡한 일이 꼬였을 때는 설거지가 오히려 마음의 안정을 찾아주기도 합니다. 설거지는 헹구기, 말리기 등을 위해 작은 그릇부터 헹굴 수 있도록 닦는 것이 중요합니다.

부엌은 남성에게도 어울리는 공간인 것 같습니다. 국내외에서 활동하고 있는, 텔레비전에서 요리를 설명하는 셰프는 남성이 절대적으로 많습니다. 왜 그럴까요. 남자가 요리에 더 잘 맞는다는 생각이 듭니다. 이제 집에서도 요리는 남자가 해야 합니다. 전 요즘 이런 생각을 합니다. '요리 학원을 다녀볼까'.

요시모토 바나나는 국내에서 '바나나 열풍'이라 해도 좋을 정도의 인기를 얻었습니다. 어떤 사람들은 무라카미 하루키와 비교하기도 합니다. 하지만 독자층은 다르죠. 하루키가 남녀 모두에게 읽히고 있다면, 바나나에게는 여성 마니아가 훨씬 많습니다.

저에게 『키친』과 그녀의 다른 작품들은 그동안 부엌에 대해 가졌던 고정관념을 탈피하는 계기가 되었습니다. '구역질이 날 만큼 너저분한 부엌도 끔찍이 좋아한다'는 소설 속 문장도 제 가슴속에 새겼습니다.

저는 전작 『과학자의 글쓰기』에서 글쓰기에는 장소가 중요하다고 강조했습니다. 진화심리학자 전중환 교수의 『오래된 연장통』에는 제이 애플턴의 '조망과 피신' 이론이 나오는데요. 이 이론은 인간은 남들에게 들키지 않고 바깥을 내다볼 수 있는 곳을 선호하게끔 진화됐다고 합니다.

한번 직접 확인해 볼까요. 아침 일찍 별다방에 가서 손님들이 어떤 자리부터 앉는지 살펴보세요. 그런 자리에 앉아 글을 쓰면 글이 잘 써질 것 같지 않으세요? 그러고 보니 부엌에서 글을 쓰는 작가가 많은 것 같습니다. 베스트셀러를 적나라하게 비판하는 『제가 한번 읽어보겠습니다』의 한승혜 작가, 장강명 작가도 부엌에서 글을 쓴다고 하네요. 부엌의 용도는 참으로 다양합니다.

# 슬프지만 애틋한
# 위로와 치유

『그녀에 대하여彼女について』
요시모토 바나나 지음

이번에는 요시모토 바나나의 다른 소설『그녀에 대하여』입니다. 이 소설도『키친』과 마찬가지로 위로라는 맥락에서 살펴보지요. 삶에 힘들어 하는 사람이 점점 많아져 위로만큼 중요한 단어는 없는 듯합니다. 물론 그 위로가 어떤 위로냐에 따라 다르지만 말입니다.『그녀에 대하여』는 사촌 유미코와 쇼이치가 잃어버린 과거를 찾아 함께 떠난 여행에서 위로로 치유되는 과정을 그리고 있습니다. 지난 2010년 국내 포털사이트에 연재돼 480만 회의 조회를 기록했습니다. 기록적인 숫자지요. 바나나는 스스로 '슬프고 애틋한 이야기'라고 설명하고 있습니다.

이 소설은 부모님이 돌아가시고 혼자 지내는 유미코에게 십몇 년 만에 사촌 쇼이치가 찾아오면서 시작됩니다. 이렇듯 평소 서로 찾지 않던 사람들이 찾게 되면 새로운 이야기가 되죠. 엄마의 쌍둥이 여동생이었던 이모의 아들인 쇼이치는 '유미코의 부모가 남긴 저주를 풀어주라'는 이모의 유언을 전합니다. 유언은 실천하는 것이 인지상정이지요.

엄마가 아빠를 죽이고 자살하던 때부터 기억이 모호하다는 유미코는 쇼이치와 여행을 떠나고, 하나둘 과거를 회상해 나갑니다. 그러나 자신의 저주에 얽힌 소름끼치는 진실을 깨닫게 됩니다. 다만 『그녀에 대하여』에서도 다른 작품에서처럼 마녀 학교, 저주, 강령회 등 오컬트적인 요소를 등장시키고 추리소설 기법을 사용하고 있습니다.

『그녀에 대하여』에서 유미코가 상처와 아픔을 치유하고, 위로받는 과정이 청춘들의 언어로 묘사됩니다. 그들의 언어는 군더더기 없이 깔끔하고 단순합니다. 불필요한 표현은 최대한 자제하죠. 그래서 그럴까요. 제가 읽은 바나나의 소설은 비교적 짧습니다. 그래서 좋습니다. 마음만 먹으면 언제든지 읽을 수 있으니까요. 일부러 이야기를 길게 늘어놓지 않습니다. 어떤 작가나 출판사는 한 권으로 충분한데도 일부러 두 권으로 만들기도 하는데 요시모토 바나나는 짧은 소설을 쓰지요. 어떨 때는 빨리 읽기가 아까울 때도 있습니다.

쇼이치가 유미코를 꼭 껴안았을 때, 유미코는 쇼이치와 정원庭園에게 '이중으로 꼭 안겨 있네' 하고 생각합니다. 유미코는 옛날 아빠가 이렇게 꼭 안아준 기억도 떠올립니다. 저는 이 장면에서 '이중 위로'라는 단어를 생각해 봅니다. 하나는 사람에게서, 또 다른 하나는 자연에게서 둘러싸여 위로를 받는다면 어떤 아픔도 치유할 수 있지 않을까요. 사람들은 누군가에게, 특히 사랑하는 사람에게, 그것도 유미코처럼 이중으로 안겼을 때 위로를 받습니다. 상처를 딛고 일어설 수 있는 힘을 얻을 수 있습니다.

바나나는 소설에서 구마 씨를 통해 "정신적으로 큰 상처를 입었어요. 그리고 스스로를 치유해 나가는 힘겨운 과정에서 많은 것을 얻었습니다"라고 말하지요. 아픔과 상처를 치유하는 과정에서 우리는 성장하기도 합니다. 세상에 어떤 사람도 평생 동안, 아니 일정 기간 동안 아픔과 상처를 입지 않은 사람은 없을 겁니다. 정도의 차이가 있고, 그 아픔을 치유해 나가는 과정에서 차이가 있을 뿐이죠. 제 나름대로 해석해 보자면, 바나나는 그런 것을 말하고 싶은 것 같습니다.


번역자 김난주 씨의 얘기에 완전 공감합니다. 그는 세상에는 예기치 못하게 일어나는 다양한 죽음이 있다고 얘기합니다. 갑자기 맞닥뜨린 죽음에 그들의 영혼은 얼마나 놀라고 당황했을까요?

제가 이런 갑작스런 죽음에 대한 고뇌에 휩싸여 있을 때 갑자기 휴대폰 메시지가 울립니다. 아니 이게 뭐야. 이럴 수가 있습니까. 예전 같은 직장에서 근무했던 후배가 죽었다는 소식입니다. 자세한 내용은 없네요. 그녀는 대학을 졸업한 후 취업하자마자 결혼했는데 아마도 남편과 많이 다퉜나 봅니다. 이혼 후에는 전공을 살려 컨설팅 사업을 했는데 그만 부고가 날아든 것입니다. 이게 웬 날벼락인가요. 그 후배에게 도대체 무슨 일이 일어났는지 알 수 없어 답답하기만 합니다.

『그녀에 대하여』를 읽으며 예기치 못한 죽음을 우리는 어떻게 대처해 나가야 할까 생각해 봅니다. 얼마나 끔찍하고 얼마나 슬플까요. 우리 삶이 온통 그런 것이라고 하더라도 당사자는 감당하기 어려운 것은 분명합니다. 이때 위로가 필요합니다. '이중 위로'라면 더욱 좋겠지요.

이 소설은 마음의 상처와 치유를 얘기하고 있습니다. 살아 있는 모든 사람이 겪는 일이기도 하지요. 피할 수 있으면 좋으련만 그럴 수조차 없는 것이 우리의 삶입니다. 살아 있음에 대한 운명입니다. 이 소설은 약간 우울합니다. 슬픔이 커서 그런지도 모르겠습니다. 그러나 천천히 읽다보면 우울한 기분은 곧 사라집니다. 슬프지만 애틋한 얘기라서 그런지 오히려 위로를 받기도 합니다. 마치 상처받은 부위를 사랑하는 사람이 소독해 주는 기분이라고 할까요.

그런데 한국어판 『그녀에 대하여』의 표지 그림만 봐도 우리는 위로를 받기에 충분합니다. 햇빛이 따사로운 창가에 동그랗게 앉아 무슨 생각에 빠진 듯한 그녀의 모습을 보는 것만으로도 위로가 됩니다. 무슨 고민이 있는 것 같기도 하고, 살짝 미소를 짓는 것 같기도 합니다. 다소곳이 앉아 있는 그녀에게서 묘한 감정이 생깁니다. 따뜻한 커피

한잔하면서 무슨 얘기든 나누고 싶습니다.『그녀에 대하여』와 무척
잘 어울리는 그녀입니다.

# 『방탄 독서』, 행복한 시간이었어!

"혹시 이건 시?" 방탄의 노래를 듣다보면 자신도 모르게 이런 말을 하게 될 때가 있습니다. 가사가 아름다운 것은 물론이거니와 사회 현상을 잘 반영하기 때문이죠. 방탄은 '노래하는 시인'입니다. 그동안 저는 방탄 리스트의 소설과 희곡을 읽었습니다.

『방탄 독서』를 쓰고 나니, 지인들로부터 방탄의 이름을 빌어 책을 팔아보려는 얕은 술책이라는 지적을 받을까봐 걱정이 되기도 합니다. 지인들은 그런 생각을 하지 않는데 저 스스로 발이 저려 이러는 걸까요. 저는 순수하게 방탄이 추천하고 사랑하는 문학 작품을 읽었습니다. 저에게는 새로운 느낌이었죠. 왜냐하면 저는 한동안 문학 작품을 읽지 못했습니다. 과학 기술인들의 글쓰기를 강조하는 『과학자의 글쓰기』를 출간하고, 인터넷 미디어에 정기적으로 과학 서평을 쓰면서 과학책을 주로 읽었기 때문입니다. 문학과 거리가 먼 독서를 해왔지요.

그러다 우연한 기회에 방탄 리스트를 만들어 책을 읽고, 점점 방탄 리스트에 빠져 1년 이상 방탄 독서를 하며 지냈습니다. 나중에는 자연스럽게 그동안 읽은 이야기를 글로 썼습니다. 『방탄 독서』는 그 결과물이지요. 『방탄 독서』를 하면서 참으로 행복한 시간을 보냈습니다. 방탄 리스트를 정해 놓고 책을 읽으니 좋은 점이 많았습니다. 어떤 사람이 책을 권해도 곁눈질하지 않고 계속 리스트를 읽어나갈 수 있었습니다. 급하면 책만 사놓았습니다.

제가 『방탄 독서』를 쓰면서 주례사 비평을 약속하고서도 알랭 드 보통 등에 대해 가시 돋친 말을 한 것에 대해 그 작가들을 좋아하는 독자들에게 죄송하다는 말씀을 드립니다. 다른 뜻은 없습니다. 그냥 '사촌이 땅을 사면 배가 아프다'는 정도로 이해해 주십시오. 서점에 가면 늘 보통의 책이 목 좋은 곳에서 독자들을 유혹하는 것에 대한 질투라고 생각해 주시기 바랍니다. 저는 독자들의 건강한 독서와 출판 시장 왜곡을 걱정할 정도의 깜냥이 안 되는 사람입니다.

특별히 좋아하는 것도 없고, 잘하는 것도 없는 무색무취의 사람입니다. 별 재미도 없지요. 어느 모임에 가서 일찍 집으로 돌아가도 사람들은 제가 갔는지조차 모르고 자기들끼리 재미있게 노는 경우도 많습니다. 그렇다고 서운한 생각은 들지 않습니다. 제 곁에는 항상 책이 있기 때문입니다.

저에게는 독서·글쓰기 스승이 있습니다. 바로 김운하 소설가입니다. 이번 책을 쓸 때도 항상 많은 도움을 주었습니다. 이밖에 많은 동료들의 도움을 받았습니다. 모두 고맙습니다.

항상 저를 믿어주는 아내와 딸에게 말할 수 없는 고마움을 느낍니다. 글 쓴다고 집안일을 게을리 해도 아내와 딸은 아직 남편을, 아빠를 해고(?)하지 않았습니다. 두 분은 마음이 아주 넓습니다. 감사할 따름이죠. 저 혼자만의 글이 될 수도 있었는데 정한책방의 전문가들께서 멋진 책으로 만들어 주셨습니다. 감사의 인사를 전합니다.

# 방탄 독서

초판 1쇄 인쇄 · 2021년 2월 1일
초판 1쇄 발행 · 2021년 2월 8일

**지은이** · 최병관
**펴낸이** · 천정한
**펴낸곳** · 도서출판 정한책방

출판등록 · 2019년 4월 10일 제2019-000036호
주소 · 서울 은평구 은평터널로66, 115-511
전화 · 070-7724-4005
팩스 · 02-6971-8784
블로그 · http://blog.naver.com/junghanbooks
이메일 · junghanbooks@naver.com

ISBN 979-11-87685-53-1 (03800)

• 책값은 뒤표지에 적혀 있습니다.
• 잘못 만든 책은 구입하신 서점에서 바꾸어 드립니다.